THEATERBIBLIOTHEK

Vladimir Sorokin
Dysmorphomanie
Das Jubiläum

Zwei Stücke

Aus dem Russischen von Peter Urban

Verlag der Autoren

Titel der Originalausgabe:
Dismorfomanija · Jubilej

Die Deutsche Bibliothek – CIP-Einheitsaufnahme
Sorokin, Vladimir:
Dysmorphomanie. Das Jubiläum. Zwei Stücke / Vladimir Sorokin. Aus dem Russ. von Peter Urban. – Frankfurt am Main: Verl. der Autoren, 1993
(Theaterbibliothek)
Einheitssacht.: Dismorfomanija < dt. >
Einheitssacht. des beigef. Werkes: Jubilej < dt. >
ISBN 3-88661-145-0
NE: Sorokin, Vladimir: [Sammlung < dt. >]

Gesamtherstellung: Druck- und Verlags-Gesellschaft mbH, Darmstadt
Printed in Germany

Inhalt

Dysmorphomanie

Die leere Bühne ist in trübes gelbes Licht getaucht. In der Mitte der Bühnenrückwand öffnet sich eine Tür, und aus einem hell erleuchteten, weiß gekachelten Korridor kommt ein junger Mann im Krankenhauspyjama auf die Bühne, gefolgt von zwei Pflegern. Der eine Pfleger trägt ein Säckchen und einen niedrigen Hocker, der andere einen hohen Hocker. Die drei kommen nach vorn an den linken Bühnenrand und bleiben stehen. Der Pfleger stellt den hohen Hocker ab, der junge Mann setzt sich darauf. Der andere Pfleger stellt den niedrigen Hocker vor dem Sitzenden auf den Boden und wirft das Säckchen daneben. Danach stellen sich beide Pfleger hinter den Sitzenden.

STIMME ÜBER LAUTSPRECHER Patient G., 23 Jahre alt. Zum Zeitpunkt der Einlieferung arbeitslos. Aus der Anamnese geht hervor, daß der Patient aus einer erblich nicht belasteten Familie stammt. Der Vater ist von ruhigem, fürsorglichem Charaker. Die Mutter gleichfalls ohne charakterologische Besonderheiten. Der Patient ist einziges Kind der Familie. War immer von robuster Gesundheit, nie krank. Nach Besuch der zehnklassigen Mittelschule Eintritt in das Institut für Kommunikationswesen. Abschluß des ersten Studienjahres mit Erfolg. War vor der Erkrankung von lebhaftem, mitteilsamen Charakter, hatte viele Freunde, trieb Sport. Fuhr in den Sommerferien in ein Trainingslager. Einmal, beim Gewichtheben, entglitt ihm das Gewicht, wobei die Hantel ihn an der Nase traf. Eine Verletzung des Nasenbeins wurde nicht festgestellt, es bildete sich lediglich eine Schwellung. Bis zum Rückgang der Schwellung war der Patient ruhig, doch mit Rückbildung der Schwellung bemerkte er plötzlich, als er sich im Spiegel anschaute, seine Nase sei »anders«. Dachte seitdem an nichts anderes, betrachtete sich oft im Spiegel. Begann die Gesellschaft zu meiden, verließ vorzeitig das Trainingslager und fuhr nach Hause. Saß die restliche Zeit des Sommers zu Hause, bemüht, nicht auszugehen. Betrachtete sein Gesicht ständig im Spiegel, meinte, er müsse »die Nase mit etwas verdecken«. Trug deshalb ein Pflaster auf der Nase. Verfiel dann auf eine andere Methode: er fing Bienen und setzte sie sich auf den Nasenrücken, um dort eine Schwellung hervorzurufen. Mit selbst herbeigeführter Schwellung fühlte er sich freier, ging zu Tanzveranstaltungen. Zu Beginn des Studienjahres besuchte er Vorlesungen, wobei er die Nase unter einem Pflaster versteckte. Äußerte jedoch zugleich Befürchtungen, die Studenten könnten seine »Verunstaltung« bemerken. Besonders genierte er sich vor den Studentinnen. Ihm schien, sie sagten hinter seinem Rücken, er habe eine Nase »wie eine Eule«. War zudem überzeugt, auch seinen Eltern mißfiele seine Nase, obwohl sie es nicht laut sagten. Immer häufiger dachte er an die Unvermeidlichkeit einer plastischen Operation. Wandte sich an einen Chirurgen, erhielt aber eine Absage. Wandte sich an das Kosmetologische Institut, um sich einer plastischen Operation zu unterziehen. Nach erneuter Absage hörte er auf zu studieren, saß zu Hause, ging selten auf die Straße, und wenn, dann nur mit einem Pflaster auf der Nase oder mit verbundenem Gesicht. Stritt sich mit den Eltern, wobei er ihnen »Gleichgültigkeit, Herzenskälte« vorwarf. Nach einem Streit verließ er das Elternhaus und fuhr zu seiner Tante im Bezirk Jaroslavl. Lebte ein Jahr lang auf dem Lande, arbeitete als

Wächter auf einem Bauernhof. Trug ständig ein Pflaster oder einen Verband, den er mit einer »nicht verheilenden Quetschwunde« erklärte. Pflog mit der Dorfjugend keinerlei Umgang, saß zu Hause, lesend oder vor dem Fernseher, half der Tante im Haushalt. Als die Eltern kamen, um ihn zurückzuholen, wurde er wütend, floh in den Wald und verbrachte dort drei Tage. Nach langem guten Zureden kehrte er mit den Eltern nach Moskau zurück. Wandte sich dort an das Kosmetologische Institut, erhielt eine Absage. Verließ danach kaum mehr das Haus. Das Pflaster schminkte er hautfarben, unter Verwendung von Gesichtscreme und Puder der Mutter. Einige Zeit später wandte er sich erneut an das Institut für Kosmetologie, entwickelte nach abermaliger Absage hysterische Anfälle. Einlieferung in die Psychiatrie. Leistete die erste Zeit Widerstand gegen den Klinikaufenthalt, erklärte sich danach mit einer Behandlung einverstanden, interessierte sich während derselben jedoch immer nur für die Frage, ob man ihn, nach seiner Entlassung, zu einer gesichtskosmetischen Operation zulassen werde. Physische Verfassung, wie auch neurologischer Status, ohne pathologische Symptome. Psychischer Status: bei klarer Orientierung, kontaktfreudig, Stimmung depressiv, Leidensausdruck im Gesicht, weint während der Gespräche. Ist davon überzeugt, einen »Nasendefekt« zu haben – eine Delle, die unbedingt beseitigt werden müsse. In Wahrheit hat der Patient eine sehr regelmäßige, schöngeformte Nase und überhaupt ein schönes makelloses Gesicht. Auf die Bemerkung des Arztes, seine Vorstellungen von einer »defekten Nase« entbehrten jeder Grundlage, gab er zur Antwort: »Ich werde heiraten und nicht mehr daran denken.« Fügte aber sofort voller Bitterkeit hinzu: »Aber mir gefällt ja niemand mehr. Wie kann mir jemand gefallen, wenn ich mir selbst nicht gefalle.« Die Eltern bat er, von Besuchen in der Klinik abzusehen. Hält sich abseits. Suizidabsichten äußerte er nicht. Behandlung mit Antidepressiva, kombiniert mit Neuroleptika.

Der Patient sitzt gebückt, wobei er sich mit den Händen gegen das grelle Licht schützt.

STIMME Entkleiden Sie den Patienten.

Die Pfleger ziehen den Patienten nackt aus, werfen die Kleider auf den Boden. Der Patient leistet keinen Widerstand, setzt sich entkleidet wieder auf den Hocker, gebückt und die Hände vor dem Gesicht.

STIMME Nehmen Sie dem Patienten das Pflaster ab.

Der eine Pfleger hält den Patienten fest, der andere reißt ihm das Pflaster von der Nase und legt es auf den niedrigeren Hocker, der vor dem Patienten steht. Der Patient verbirgt das Gesicht, indem er, die Hände vor dem Gesicht, den Kopf auf die Knie legt. Die Pfleger stellen sich wieder hinter den Patienten.
Die Tür in der Bühnenrückwand öffnet sich, auf die Bühne kommt eine junge Frau im Krankenhauspyjama, gefolgt von zwei Pflegern. Der eine Pfleger trägt ein Säckchen und einen niedrigen Hocker, der andere einen hohen Hocker. Die drei kommen nach vorn an den linken Bühnenrand und bleiben neben dem Patienten G. stehen. Der Pfleger stellt den hohen Hocker auf den Boden, die junge Frau setzt sich darauf. Der

andere Pfleger stellt den niedrigen Hocker vor die Sitzende auf den Boden und wirft das Säckchen daneben. Dann stellen sich beide Pfleger hinter die Sitzende. Plötzlich fällt auf die Frau ein greller Lichtkegel. Sie schützt sich dagegen mit den Händen.

STIMME ÜBER LAUTSPRECHER Patientin D., 18 Jahre alt. Erblichkeit liegt nach den Worten der Tante der Patientin mütterlicherseits nicht vor. Frühkindliche Entwicklung der Patientin verlief normal. Mit 7 Jahren Verlust der Eltern bei einem Autounfall, Erziehung in einem Kinderheim. Vom Charakter ruhig, umgänglich, neugierig, las viel. Erkrankte mit 16 Jahren an Lungen-Tbc. Wurde zur Behandlung auf die Krim verschickt, wo sie wieder genas. Mußte krankheitshalber ein Schuljahr aussetzen. Während des Unterrichts in der 9. Klasse (17 Jahre) hatte die Patientin das Gefühl, jemand beobachte sie und verfolgte sie manchmal auch auf der Straße. Manchmal hörte sie hinter sich seinen Atem und Schritte, »ich drehte mich um, sah aber niemand«. Diese Erlebnisse hörten aber bald wieder auf, so daß die Patientin ihnen damals keine Beachtung schenkte. Kam nach Abschluß der zehnklassigen Schule nach Moskau, bestand die Aufnahmeprüfung zum Petrochemischen Institut, erhielt jedoch keinen Studienplatz. War darüber tief bestürzt, weinte viel. Wohnte bei ihrer Tante, wurde Bibliothekarin. Erkrankte bald darauf an einer heftigen Darminfektion. Danach begann die Patientin, sich einzubilden, es entwichen ihr unwillkürlich Körpergase. Einmal, während einer Kinovorstellung, hörte sie, wie ein vor ihr sitzender junger Mann ärgerlich zu seinem Freund sagte, jemand habe »das ganze Kino vollgestunken«. Die Patientin verspürte daraufhin ein heftiges Brennen im After und war sehr erschrocken. Nach diesem Vorfall verstärkte sich das Gefühl des Austritts von Gasen. Die Patientin meinte, ihre Umgebung spürte, daß sie schlecht rieche, wende sich deshalb von ihr ab, sähe sie verächtlich an. Sie brach den Verkehr mit ihren Freundinnen ab, ging nicht mehr ins Kino, nicht mehr zum Tanzen. Bald danach kündigte sie auch ihre Arbeit, der Tante gegenüber unter dem Vorwand, sich auf die Prüfungen vorbereiten zu wollen. Sie mied öffentliche Verkehrsmittel, denn sie hatte immer wieder »bemerkt«, daß die Leute, wo immer sie erschien, vielsagende Blicke wechseln würden und »überhaupt sich sonderbar benehmen«. Sie ging kaum aus dem Haus. Spazieren ging sie nur bei regnerischem oder windigem Wetter. Um den »Austritt der Gase« zu verringern, schränkte sie sich stark im Essen ein, sie hungerte zeitweise, wodurch sie stark an Gewicht verlor. Mit der Tante bekam sie oft wegen des Essens Streit, drohte »wegzugehen, auf Nimmerwiedersehen«. Ständig aß sie abends Rote Beete, »um schön abzunehmen«, in der Überzeugung, dies könne ihr helfen. Ihr Zustand verschlechterte sich, als die Tante Besuch von einer Freundin aus einer anderen Stadt bekam. Die Patientin schloß sich im Badezimmer ein, aß fast nichts mehr. Verlangte, daß man »alle Fenster aufmache, sonst würde ihr das Herz stehenbleiben«. Sie bemerkte, daß die Freundin ihrer Tante am Fenster »Ausstellungen veranstaltete«, in dem sie Blumen aufs Fensterbrett stellte oder ihre Handtasche dort ablegte. »Ich wußte, das macht sie mit Absicht«, damit alle Passanten »von ihrer Schande« erführen. In einem Wutanfall warf sie die Handtasche mitsamt den Blumen auf die Straße. Wurde zur stationären Behandlung in die Psychiatrie eingeliefert. Physischer Zustand: starke Magerkeit, Haut und sichtbare Schleimhäute blaß. Rasselnder Atem. Herz ohne pathologischen Befund. Leber leicht vergrößert. Blut und Harn – normal. Peristaltik befriedigend. Psychischer Zustand: in allen Qualitäten orientiert, depressiv. Spricht nur mit Mühe, weint. Bittet ständig um eine Untersuchung des Magendarmtrakts, Einweisung zum Spezialisten. Weiß, daß die Menschen sie mit Verachtung strafen. Hält sich in der Abteilung abseits, meidet andere Patienten. Hat sich heimlich einen Pfropf gefertigt, »um die Gase zurückzuhalten«, führt diesen in den After ein. Nimmt den Pfropf nur nachts und auf der Toilette heraus. Schläft nachts, den Pfropf in der Hand. Behandlung mit Aminasin und Antidepressiva.

Die Patientin sitzt, schützt sich mit den Händen gegen das Licht.

STIMME Entkleiden Sie die Patientin.

Die Pfleger ziehen die Patientin nackt aus, werfen die Kleider auf den Boden. Die Patientin weint.

STIMME Ziehen Sie der Patientin den Pfropf heraus.

Der eine Pfleger hält der Patientin die Arme fest, der andere zieht ihr den Pfropf aus dem After. Die Patientin weint. Sie wird wieder auf den Hocker gesetzt, weint, hält die Hände vors Gesicht. Der Pfleger legt den Pfropf auf den niedrigen Hocker, der vor der Sit-

zenden steht, wonach sich beide Pfleger hinter die Patientin stellen.
Die Tür in der Bühnenrückwand öffnet sich, auf die Bühne kommt ein Mann im Krankenhauspyjama, gefolgt von zwei Pflegern. Der eine Pfleger trägt ein Säckchen und einen niedrigen Hocker, der andere einen hohen Hocker. Die drei kommen nach vorn und bleiben neben der Patientin D. stehen. Der eine Pfleger stellt den hohen Hocker auf den Boden, der Mann setzt sich darauf. Der andere Pfleger stellt den niedrigen Hocker vor dem Sitzenden auf den Boden und wirft das Säckchen daneben. Dann stellen sich die beiden Pfleger hinter den Sitzenden. Plötzlich fällt auf den Mann ein greller Lichtkegel. Der Mann senkt den Kopf.

STIMME ÜBER LAUTSPRECHER Patient K., 38 Jahre. LKW-Fahrer, danach Invalide 2. Kategorie. Der Vater des Patienten – Arbeiter im Großhandel, zweimal wegen Alkoholmißbrauchs in Behandlung; die Mutter – Maschinenschneiderin, an Trunksucht leidend. Der Patient hat einen jüngeren Bruder, der psychisch gesund ist. Frühkindliche Entwicklung des Patienten verlief normal, im Alter von sechs Jahren erkrankte er an Meningitis, litt in der Folge häufig an Angina. Mit 14 Jahren wurde er Zeuge des plötzlichen Todes des Großvaters mütterlicherseits, an dem er sehr hing. Verkraftete diesen Verlust lange nicht, weinte viel. Als er erfuhr, der Großvater sei an akuter Herzinsuffizienz gestorben, äußerte er die Befürchtung, daß auch er »so sterben könnte, weil er dem Großvater charakterlich sehr ähnlich« sei. Eine Zeitlang versuchte er, zu Hause zu bleiben, »um das Herz nicht zu stark zu belasten«. Nachts bat er die Mutter, bei ihm zu schlafen, verlangte von ihr, Nitroglycerin griffbereit zu halten, das dem Großvater gefehlt hatte. Später beruhigte er sich, hörte auf, an den Tod zu denken. Abschluß der Grundschule (8 Klassen), Weiterbildung an der PTU. Nach einer Spezialausbildung arbeitete er als LKW-Fahrer. Mit 18 Jahren Einberufung zur Armee. Die Bedingungen des Militärdiensts verkraftete er nur schwer, war depressiv. Während einer Übung zur Leibesertüchtigung wurde er vom Kommandeur verspottet, weil er am Barren schlecht war. Nach Auffassung des Zugführers mißlang ihm die Übung, weil er, K., dauernd einen »Rücken wie ein Fragezeichen« mache. Darauf wurde K. in seinem Zug, dann auch in der Kompagnie das »Fragezeichen« genannt, zum Gespött gemacht. Er wurde noch verschlossener, depressiver, wich dem Gespräch mit seinen Kameraden aus. Zugleich begann er, seinen Rücken im Spiegel zu betrachten, versuchte »sich geradezurichten«. Während einer weiteren Übung zur Leibesertüchtigung bekam er eine Strafe. Der Zugführer sagte öffentlich vor allen Soldaten, daß er, »wenn er den Buckel nicht wegkriegte, nicht eine Frau finden würde«. Anschließend wurde er von den Soldaten ausgelacht. Am Abend erschien er nicht zum Essen, schloß sich auf der Toilette ein, um sich zu erhängen. Einlieferung in die Psychiatrie, mit der Diagnose: manisch-depressive Psychose. Physischer Zustand: unauffällig. Psychischer Zustand: vollständig orientiert, depressiv. Spricht nur unter Mühen, bittet den Arzt um ein »Mittel, das ihm hilft, alles zu vergessen«, behauptet, er habe seinen Buckel nie bemerkt, weil er sich »nie von hinten angeschaut« habe. Ist seinen Eltern böse, weil sie ihm »den Körperfehler immer verschwiegen haben«. Behandlung mit Aminasin, zusätzlich allgemein stärkende Therapie. Nach zweimonatiger Behandlung ausgemustert und als geheilt entlassen. War nach seiner Rückkehr nach Hause die ersten vierzehn Tage ruhig, antwortete auf die Fragen seiner Eltern nur unwillig. Danach verschlechterte sich sein Zustand. Patient untersuchte seinen Rücken stundenlang vor dem Spiegel, sagte, er habe eine »starke Rückgratverkrümmung, die unaufhaltsam fortschreite«. Brachte dies mit einem Sturz von der Schaukel in Kindheitstagen in Verbindung. Begann, von seinen Eltern zu verlangen, daß sie nach einem guten Chirurgen für ihn suchten, aber unter Ausschluß der Öffentlichkeit, d. h., der Chirurg sollte zu ihm nach Hause kommen, oder ihn bei sich zu Hause empfangen. Auf beschwichtigende Worte seitens der Eltern reagierte er gereizt, nannte sie »Heuchler«, sagte, sie würden »noch an ihn denken, wenn ihn der Buckel erst halb zu Boden gedrückt« hätte. Suchte dann bald selbst einen Chirurgen auf. Nach dessen Weigerung zu operieren, kam er in erregtem Zustand nach Hause, schrie die Eltern an, schleuderte eine Blumenvase zu Boden. Erneute Einlieferung in die Psychiatrie. Physischer Zustand: unauffällig. Psychischer Status: erregt, verlangt nach sofortigem chirurgischem Eingriff, bezichtigt die Psychiater der Ignoranz. Behandlung mit Aminasin, Antidepressiva und Elektroschock. Kurzfristig besserte sich der Zustand, der Patient verlangte nicht mehr nach Operation. Trägt aber ständig einen Spiegel bei sich, betrachtet regelmäßig seinen Rücken, sagt, man müsse »sich was einfallen lassen gegen seinen Buckel«. Steht in regem Kontakt mit anderen Patienten, spielt oft Schach und Domino. Macht morgens Gymnastik »gegen den Buckel«, abends Hüpfübungen, um »das Blut aus dem Rücken zu treiben«. Nach 3 Monaten entlassen. Zu Hause fühlte er sich wohl, trat einem Basketballverein bei, mit der Begründung, dieser Sport könne seinem »Buckel den Garaus machen«. Fand eine Arbeit als LKW-Fahrer, wurde unternehmungslustig, fuhr mit Freunden zum Angeln, ging ins Kino, zu Tanzveranstaltungen. Keine Rückfälle über einen Zeitraum von 8 Jahren. Mit 26 lernte er eine junge Frau kennen, in die er sich bald verliebte. Wollte ihr schon einen Heiratsantrag machen, aber als er einmal bei ihr zu Hause war, hörte er ihre Mutter eine scherzhafte Bemerkung machen, »so ein sympathischer Junge sollte nicht so einen krummen Rücken machen«, was ihn zutiefst erschütterte. Seinen Worten zufolge spürte er plötzlich, »daß alles um ihn herum nicht echt« sei. Er verabschiedete sich schnell, Kopfschmerzen vorschützend. Schlief die ganze Nacht nicht, beschloß, in eine andere Stadt zu ziehen. Fuhr noch am Tage drauf nach Saratov. Im Zug »bemerkte« er verdächtiges Verhalten der Fahrgäste, »fühlte«, daß sie »über Vieles an ihm frozzelten«. In Saratov verdingte er sich für eine Zeit als Schauermann, »um so viel wie möglich auf dem Rücken zu tragen«, kündigte aber bereits nach einer Woche »wegen ständiger Frozzeleien«. Brachte die Privatadresse eines dort ansässigen Chirurgen in Erfahrung, suchte ihn auf, flehte ihn an, ihn zu operieren, »den Rücken geradezurichten«, bot ihm Geld, weinte. Einlieferung in die Psychiatrie. Physischer Zustand: unauffällige. Psychischer

Zustand: bedrückt, weicht dem Kontakt mit dem Arzt aus, schweigsam. Behandelt mit Aminasin, Antidepressiva, erneuter Schocktherapie unterzogen. Schrittweise Besserung des Zustandes, Patient wurde umgänglich, nimmt gern an der Arbeitstherapie teil. Über seinen Körperfehler spricht er ungern, schweigt sich aus. Ist überzeugt, sein Rückgrat sei »verkrümmt«, und das sei eine »ernste Sache«, fügt aber umgehend hinzu, es gäbe »ja auch Menschen, die ohne Beine leben«. Versucht, sich ein genaues Bild über seine Zukunft zu machen, will eine »Lebensgefährtin finden, die alles versteht«. Seinen Eltern kann er nicht verzeihen, daß sie seinen »Geburtsfehler« nicht beizeiten bemerkt hätten, kommt immer wieder zurück auf das Sprichwort »Wer keinen Kopf mehr hat, dem können die Haare egal sein.« Nach 9monatiger Behandlung entlassen. Ging nach Entlassung vier Monate lang keiner Arbeit nach, fühlte sich »irgendwie schlapp«. Fand dann eine Anstellung als Hilfsarbeiter in einem Obst- und Gemüsehandel. Über einen Zeitraum von 2 Jahren wurden keine Rückfälle beobachtet, doch gab er sich Mühe, bevölkerte Plätze zu meiden, befreundet war er nur mit dem Vorarbeiter auf der Arbeitsstelle, den Eltern hatte er sich entfremdet, beginnender Alkoholmißbrauch. Als er einen Laster mit Gemüse entlud, fühlte er, »wie im Rükken etwas knirschte«. Ging eine Woche nicht zur Arbeit, betrachtete seinen Rücken im Spiegel, im Badezimmer eingeschlossen. »Bemerkte«, daß der Rücken »völlig verkrümmt war irgendwie«. Geriet in heftige Erregung, schrie die Eltern an, weinte. Einlieferung in die Psychiatrie. Physischer Status: unauffällig. Psychischer Status: erregt, verlangt unverzüglich von einem Chirurgen untersucht zu werden, verweigert die Nahrungsaufnahme. Behandlung mit Aminasin, Antidepressiva; Schocktherapie. Allmähliche Besserung, aber die Vorstellung eines »verbildeten Rückens« gibt der P. nicht auf. Dissimuliert sein Leiden, macht morgens lange »die Brücke«, was er damit erklärt, daß er damit gegen Kopfschmerzen und erhöhten Blutdruck ankämpfe. Hat heimlich einen »Geradehalter« angefertigt, unter Zuhilfenahme des Rückenteils eines zerbrochenen Stuhls. Befestigt diesen am Rücken und trägt ihn unter dem Pyjama, nimmt den »Geradehalter« nur nachts ab. Im Gespräch mit dem Arzt beschränkt er sich auf einsilbige Mitteilungen, sagt wiederholt, das Leben sei »eben nicht einfach«. Denkweise formal, legt eine gewisse emotionale Verarmung an den Tag, das Verhältnis zu den Eltern ist nach wie vor kühl. In den folgenden 8 Jahren 5mal in psychiatrischer Behandlung. Den »Geradehalter« trägt er Tag und Nacht. Wurde als Invalide der 2. Kategorie eingestuft.

Der Patient sitzt mit gesenktem Kopf.

STIMME Entkleiden Sie den Patienten.

Die Pfleger ziehen den Patienten nackt aus, werfen die Kleider auf den Boden. Der Patient leistet keinen Widerstand.

STIMME Nehmen Sie dem Patienten den »Geradehalter« ab.

Der eine Pfleger hält dem Patienten die Arme fest, der

andere nimmt ihm den »Geradehalter« vom Rücken. Der Patient leistet keinen Widerstand. Der Pfleger legt den »Geradehalter« auf den niedrigen Hocker, der vor dem Patienten steht, wonach sich beide Pfleger hinter den Patienten stellen. Die Tür in der Bühnenrückwand öffnet sich, auf die Bühne kommt eine Frau im Krankenhauspyjama, gefolgt von zwei Pflegern. Der eine Pfleger trägt ein Säckchen und einen niedrigen Hocker, der andere einen hohen Hocker. Die drei kommen nach vorn und bleiben neben dem Patienten K. stehen. Der Pfleger stellt den hohen Hocker ab, die Frau setzt sich darauf. Der andere Pfleger stellt den niedrigen Hocker vor die Sitzende auf den Boden und wirft das Säckchen daneben. Dann stellen sich beide Pfleger hinter die Sitzende. Plötzlich fällt ein greller Lichtkegel auf sie. Die Frau versucht sich dagegen zu schützen.

STIMME ÜBER LAUTSPRECHER Patientin K., 35 Jahre. Bibliothekarin. Ihr Großvater väterlicherseits hatte Anfälle, Verwandte erinnern sich an 5 Tage währende Phase des Schlafs. Bruder und Mutter der Patientin hatten »ohnmachtsähnliche« Zustände mit heftigen Schweißausbruch, Erbleichen und vorübergehendem Ohrensausen. Mutter von Charakter schüchtern, umgänglich. Vater jähzornig, »fängt sich« aber schnell wieder, umtriebig, begann nach seiner Pensionierung mit Alkoholmißbrauch. Bruder von 28 Jahren ohne charakterologische Besonderheiten. Entwicklung der Patientin im Vorschulalter regulär, Kinderkrippe, Kindergarten. Einschulung mit 7 Jahren. Lernte mit großem Erfolg, war immer die Beste der Klasse. Zeichnete sich aus durch Ordnungssinn, Pünktlichkeit, bemühte sich um Organisiertheit, Systematik ihrer Kenntnisse.

Litt als Kind oft an Erkältungskrankheiten, Angina. Hatte Dysenterie, Mumps. Im Alter von 6 Jahren eine Verletzung am Kopf, ohne Verlust des Bewußtseins. Menstruation seit dem 13. Lebensjahr. Mit 14 Jahren erstmals die Vorstellung, ihre Beine und Hüften seien unnatürlich dick, was sie sehr bedrückte, war durch nichts davon abzubringen. Besonders »verbiß ich mich in diese Ideen«, als sie nicht in die Ballettschule aufgenommen wurde. Verband dies ausschließlich mit ihren »abnorm fetten Beinen«, obwohl objektiv bei ihr keinerlei Begabung zum Ballett vorlag. Begann sich von diesem Zeitpunkt an im Genuß von Mehlspeisen und Graupen einzuschränken, nahm nicht an der Schulspeisung teil, mit der Begründung, das Essen dort schmecke nicht. Verbrachte viel Zeit auf den Beinen, verwandte mehr Kraft auf Lehrstoff und soziale Arbeit. In dieser Phase erstmals die Feststellung, daß das Körpergewicht der Patientin nicht zunahm. In Verbindung mit sich häufenden Anfällen von Kopfschmerzen in der 7. Klasse war sie in ambulanter Behandlung bei einem Kinderpsychoneurologen, Diagnose: Neurasthenie. Nach Abschluß der 8. Klasse Aufenthalt in einem Arbeitslager, wo sie innerhalb eines Monats 2 kg abnahm. Einmal hörte sie, wie die Jungen ihrer Gruppe die Mädchen taxierten und über ihre Beine sagten, sie seien »aus Speck gemacht«. War über das Gehörte erschüttert, aß drei Tage überhaupt nichts. Nach Hause zurückgekehrt, versuchte sie möglichst wenig zu essen, verweigerte Brot und Fett. Ging täglich 10–15 km zu Fuß, machte Hausaufgaben im Stehen, erschöpfte sich durch ausgedehnte sportliche Übungen. Wurde beim Neujahrsball in der Schule kein einziges Mal zum Tanzen aufgefordert. Weinte danach drei Tage lang, aß nichts, sagte, sie habe »Beine wie Prellsteine« und sei eine »ewige Mißgeburt«. Wurde erneut dem Kinderneuropsychologen vorgeführt, ins NII für Endokrinologie eingewiesen, von dort in die Klinik für Kinderpsychiatrie. Bei einer Körpergröße von 159 cm Körpergewicht von 35,5 kg. Nach 3monatiger Behandlung entlassen mit einem Gewicht von 42 kg. Nach der Entlassung, unter strenger elterlicher Aufsicht gelang es, dieses Körpergewicht etwa 2 Monate lang zu halten. Jede Nahrungsaufnahme war von hysterischen Anfällen begleitet: Patientin schrie, weinte, Konzessionen waren nur unter großen Mühen zu erreichen. Über einen Zeitraum von zwei Jahren bewegte sich Körpergewicht der Patientin um 40 kg. Nach Abschluß der Schule (10 Klassen) Eintritt ins Ingenieurinstitut für Zivilluftfahrt. Das erste Studienjahr absolvierte Patientin mit Erfolg. Den Sommer fuhr sie mit ihrer Gruppe zu einem Praktikum. Während des Praktikums gab ein junger Mann, der der Patientin gefiel, deren Freundin den Vorzug. Deprimiert, hörte sie wieder auf zu essen, wartete unter Qualen auf das Ende des Praktikums. Zu Hause schränkte sie die Nahrungsaufnahme abermals stark ein, aß kein Brot mehr, keine Butter; Syrniki drückte sie auf ein Löschblatt, »um das schädliche Fett zu entfernen«. Unter Androhung einer Einweisung ins Krankenhaus aß sie dann wieder Brot und Fleisch. Jede Nahrungsaufnahme war jedoch begleitet von Schreien, Weinen, Selbstmorddrohungen. Mehrmals nach erzwungener Nahrungsaufnahme rief sie künstliches Erbrechen hervor, wonach sie sich »endlich wohl« fühlte, lächelte, sagte den Eltern, daß sie ihnen keine

Schuld gäbe. Bald danach Einlieferung in die Psychiatrie. Physischer Status: extreme Anorexie (Körpergewicht 36 kg, bei einer Größe von 160 cm). Unterhautfettschicht nicht vorhanden. Haut dünn. Akrocyanose, erhöhte Brüchigkeit der Nägel. Lanugo. Arterielle Hypothonie. Symptome der Myokardiodystrophie. Puls 55/60 p. m. Enteroptose. Neurologischer Status: Symptome der Vegitodystonie, gesteigerte Sehnenreflexe. Psychischer Status: zum Aufnahmezeitpunkt bei klarem Bewußtsein, im Kontakt leicht gehemmt. Orientierung regelrecht. Fühlt sich durch das Klinikleben eingeengt, will nach Hause entlassen werden. Bittet unter Tränen, »nicht herausgemästet« zu werden, verspricht, normal zu essen. Nachts führt sie regelmäßig Erbrechen herbei, wonach sie regungslos daliegt, beteuert, jetzt gehe es ihr »sehr gut«, das sei »das Beste, was sie im Leben habe«. Nach Behandlung mit Aminasin, Vitaminen und allgemein stärkender Therapie hörte sie auf, Erbrechen herbeizuführen, binnen eines Monats Steigerung des Körpergewichts auf 39 kg. Patientin wurde umgänglich, kontaktfreudig, ernährt sich normal, lehnt aber Olivenöl weiterhin ab, Brot ißt sie wenig. Liest gern, nimmt gern an der Arbeitstherapie teil. Drei Monate nach Einlieferung entlassen mit einem Körpergewicht von 43 kg. Den ersten Monat nach der Entlassung ernährte sie sich normal, enthielt sich nur weiterhin des Genusses von Olivenöl und Mehlprodukten. Nahm ihr Studium am Institut wieder auf, pflog mit den Studenten normalen Umgang. Fühlte sich plötzlich, während einer Fernsehübertragung der Weltmeisterschaften im Eiskunstlauf an ihren »körperlichen Defekt« erinnert. Verfiel in Depressionen, schränkte sich erneut im Essen ein, vernachlässigte das Studium. Rief mehrmals am Tage Erbrechen hervor. Ging danach dazu über, alles zu essen, um sofort darauf künstlich zu vomieren. Mit den Eltern hatte sie pausenlos Streit, drohte damit, Schluß zu machen, wenn diese nicht aufhören würden, sie durch »ständiges Füttern zur Mißgeburt zu machen«. Sie zog zur Großmutter, brach das Studium ab, blieb zu Hause, wo sie sich fleißig um den Haushalt kümmerte, kochte das Essen für die Großmutter. Für sich selbst kochte sie zweimal am Tag ihre »persönliche Suppe«, bestehend aus Wasser, Mehl und zerkleinertem Brot. Aß gewöhnlich 3 Liter dieser »Suppe« hintereinander, sperrte sich im Badezimmer ein, erbrach und betrachtete danach lange das Erbrochene. Nach dem Akt des Vomierens wurde sie gutmütig, zärtlich, küßte die Großmutter, sagte, jetzt fühle sie sich »sehr, sehr wohl«, jedes »Fältchen im Magen sei jetzt rein«. Füllte die erbrochene Masse in Einweckgläser, stellte sie in den Kühlschrank, den sie regelmäßig öffnete, um die Gläser zu betrachten, sagte, ihr sei angenehm, diese Gläser zu sehen, das tue ihrem »Herzen gut«. Bald danach erneute Einlieferung. Innerhalb der letzten 6 Jahre 4mal in der Psychiatrie. Ein Glas mit Erbrochenem trägt sie ständig bei sich, wobei sie den Inhalt ständig erneuert.

Die Patientin sitzt, mit den Händen das Licht abwehrend.

STIMME Entkleiden Sie die Patientin.

Die Pfleger ziehen die Patientin nackt aus, werfen die

Kleider auf den Boden. Die Patientin wehrt sich, hält das Einweckglas mit den Händen fest.

STIMME Nehmen Sie der Patientin das Glas weg.

Der eine Pfleger hält der Patientin die Arme fest, der andere nimmt ihr das Glas weg. Die Patientin weint. Man setzt sie wieder auf den Hocker, sie weint, die Hände vor dem Gesicht. Der Pfleger stellt das Glas auf den niedrigen Hocker, der vor der Patientin steht, wonach sich beide Pfleger hinter die Patientin stellen.
Die Tür in der Bühnenrückwand öffnet sich, auf die Bühne kommt ein junger Mann im Krankenhauspyjama, gefolgt von zwei Pflegern. Der eine Pfleger trägt ein Säckchen und einen niedrigen Hocker, der andere einen hohen Hocker. Die drei kommen nach vorn und bleiben neben der Patientin K. stehen. Der Pfleger stellt den hohen Hocker auf den Boden, der junge Mann setzt sich darauf. Der andere Pfleger stellt den niedrigen Hocker vor den Sitzenden und wirft das Säckchen daneben. Dann stellen sich beide Pfleger hinter den Sitzenden. Plötzlich fällt ein greller Lichtkegel auf ihn. Der junge Mann hält die Hand vors Gesicht.

STIMME ÜBER LAUTSPRECHER Patient T., 20 Jahre, Student. Der Vater des Patienten war Alkoholiker, starb an Tuberkulose, als der Patient 14 Jahre alt war. Die Mutter – reizbar, jähzornig. Frühkindliche Entwicklung unauffällig. Von klein auf von sehr umgänglichem Charakter. Kam mit 7 Jahren in die Schule. Lernte leicht, trieb gern Sport, beteiligte sich an gesellschaftlicher Arbeit. Mit dreizehn Jahren begann sich die dem Patienten eigene Neigung zur Reizbarkeit immer deutlicher zu äußern. Während des Unterrichts in der 9. Klasse (Patient war 15 Jahre alt) bemerkte er, daß die Mitschüler ihn irgendwie besonders aufmerksam, manchmal sogar argwöhnisch betrachteten, »erkannte« er den Grund des Spottes: »Der Unterkiefer hatte sich verformt, er war zu groß und zu breit.« Vergrößert hatte sich der Unterkiefer, wie er meinte, »infolge der Klimaveränderung« (der Patient hatte eine Zeitlang bei seinem Großvater in Archangelsk verbracht, war dann ins heimische Podolsk zurückgekehrt). Seitdem ließ er sich so selten wie nur möglich fotografieren. Betrachtete sich im Spiegel, nahm »Massagen« des Unterkiefers vor. In der Öffentlichkeit hielt er die Hand vor den Mund. Wurde verschlossener, lernte aber mit dem früheren Erfolg. Nach Abschluß der Schule (10 Klassen) bewarb er sich um einen Studienplatz an der Hochschule, bestand aber die Aufnahmeprüfung nicht. Ein Jahr lang arbeitete er als Hilfsarbeiter, Postbote, Nachtwächter. Danach Aufnahme in das Institut für Stahl & Legierungen, Moskau, wo er mit dem Studium gut zurechtkam. Charakterlich wurde er immer boshafter, reizbar und jähzornig. Der Gedanke an seinen Unterkiefer ließ dem Patienten keine Ruhe. Als erstes hatte er sich in Moskau an einen Chirurgen gewandt mit der Bitte, ihn zu operieren. Nachdem man ihm geraten hatte, »sich diesen Unfug aus dem Kopf zu schlagen«, ließ ihn das nicht ruhen, er dachte an nichts anderes. War unglücklich, weinte, zeigte sich selten in der Öffentlichkeit, mied die Gesellschaft seiner Studienkollegen. Sein Charakter änderte sich weiter: er suchte bei jeder Kleinigkeit Streit, wurde extrem grob und bösartig, unzugänglich, verschlossen. Gab durch sein Fehlverhalten den Studienkollegen häufig Anlaß, ihn des Rowdytums zu bezichtigen. Bald »bemerkte« er, daß er auf seine Umgebung unangenehm wirkte, »irgendeine Spannung« erzeugte. Er erklärte sich das mit seinem Unterkiefer, den er als »derart mißgebildet« empfand, daß er auf Menschen wirkte wie eine Provokation, die schlechte Energie freisetzt. Ließ sich einen Bart stehen, da er jedoch eine Zunahme der »spöttischen Bemerkungen« feststellte, gab er es auf. Im 2. Studienjahr konnte er nurmehr 3 Monate studieren. Da der Patient seine Studienkollegen und Lehrer tätlich angriff, Streit und Schlägereien anzettelte, da er zudem unter der Oberlippe einen selbstgefertigten Mundschutz trug, der optisch das Gewicht des Unterkiefers kompensieren sollte, wurde er in die Psychiatrie eingeliefert. Physischer und neurologischer Befund: unauffällig. Psychischer Befund: vollständig orientiert. Spricht zu Beginn nur ungern über seinen Zustand, versucht, während der Unterhaltung mit dem Arzt den Unterkiefer zu verdekken. Trägt beständig den erwähnten Mundschutz. Kann Stunden damit verbringen, über die bevorstehende gesichtsplastische Operation zu sprechen, wobei er »Ratschläge« für die Chirurgen parat hat, wie man »den Kiefer ab besten abhobeln« könnte. In der Abteilung ist er kontaktarm, beschäftigt sich mit nichts, läßt sich oft in Streitereien mit dem Personal ein, stört die Ordnung. Angeordnet wurden Schocktherapie, Aminasin, Antidepressiva. Danach weniger aggressiv, umgänglicher, unterließ es, den Unterkiefer zu verdecken, trägt aber weiterhin den Mundschutz. Von einer Operation ist nicht mehr die Rede, doch sagt er nach wie vor, mit den Chirurgen habe er »ein Wörtchen zu reden«.

Der Patient sitzt, mit den Händen das Licht abwehrend.

STIMME Entkleiden Sie den Patienten.

Die Pfleger ziehen den Patienten nackt aus, werfen die Kleider auf den Boden. Der Patient wehrt sich träge.

STIMME Nehmen Sie dem Patienten den Mundschutz ab.

Der eine Pfleger hält dem Patienten die Arme fest, der andere nimmt ihm den Mundschutz aus dem Mund. Der Patient wehrt sich träge. Sie setzen ihn auf den Hocker. Der Pfleger legt den Mundschutz auf den niedrigen Hocker, der vor dem Patienten steht, wonach sich beide Pfleger hinter den Patienten stellen.
Die Tür in der Bühnenrückwand öffnet sich, auf die Bühne kommt eine Frau mittleren Alters im Krankenhauspyjama, gefolgt von zwei Pflegern. Der eine Pfleger trägt ein Säckchen und einen niedrigen Hocker, der andere einen hohen Hocker. Die drei kommen nach vorn und bleiben neben dem Patienten T. stehen. Der Pfleger stellt den hohen Hocker auf den Boden, die Frau setzt sich darauf. Der andere Pfleger stellt den niedrigen Hocker vor die Sitzende und wirft das Säckchen daneben. Dann stellen sich beide Pfleger hinter die Sitzende.

STIMME ÜBER LAUTSPRECHER Patientin K., 56 Jahre, Maurerin, Invalidin der 1. Kategorie. Aufgewachsen in einer kinderreichen Arbeiterfamilie. Vater psychisch gesund, starb infolge eines Arbeitsunfalls, als die Patientin 12 Jahre alt war. Mutter – herrisch, mit starkem Charakter, litt an Migräne, Patientin wuchs und entwickelte sich normal. Kinderkrankheiten: Masern, Lungenentzündung, Diphtherie. Kopfverletzungen keine. Von klein auf fröhlich, umgänglich, rege, hatte viele Freundinnen. Einschulung mit 8 Jahren. Lernte mit mäßigem Erfolg, beteiligte sich aber gern an gesellschaftlicher Arbeit, besonders im künstlerischen Bereich. Zwischen dem 9. und 12. Lebensjahr Bettnässerin, in dieser Phase nachts Angstzustände, schlief schlecht, schrie auf, weil sie meinte, jemand beobachte sie aus dem Ofen. Die nächtlichen Angstzustände hörten bald danach auf. Nach Abschluß der Schule (8 Klassen) erhielt sie eine Maurerausbildung, arbeitete als Mischerin am Bau. Während der Arbeit glitt sie aus, fiel und schlug mit dem Gesicht auf einen Haufen Ziegelsteine. Einige Minuten lang bewußtlos. Mit zerschlagenem, blutüberströmten Gesicht wurde sie zur Sanitätsstelle gebracht, wo ihr Erste Hilfe zuteil und ein Gesichtsverband angelegt wurde. Vierzehn Tage später wurde der Verband abgenommen. Als sich die Patientin im Spiegel betrachtete, »merkte« sie, daß ihre »Augen ganz andere waren, wie mit einem Häutchen überzogen«. War über ihre »Entdeckung« fürchterlich erschrocken und deprimiert, wollte anderslautenden Beteuerungen der Verwandten nicht glauben, sagte, der Unfall habe ihr »Augen und Gehirn erschüttert«, weinte, beschimpfte Mutter und Verwandte. Bald verschlimmerte sich ihr Zustand, sie gewann die Überzeugung, ihre Augen seien »nicht mehr normal«, alle würden es bemerken, alle würden sich nach ihr umdrehen. Konnte an nichts anderes mehr denken, mied die Öffentlichkeit, kündigte die Arbeitsstelle, benützte keine öffentlichen Verkehrsmittel mehr. Stundenlang betrachtete sie sich im Spiegel, trug ständig einen Spiegel bei sich, verbarg die Augen hinter einer Sonnenbrille. Verließ bald darauf das Haus nicht mehr, Fragen seitens der Verwandten beantwortete sie grob, sie schrie die Mutter an. Befand sich ständig in einem Zustand der Depression, der begleitet war von extremer Gereiztheit. Klagte über Kopfschmerzen. Einlieferung in die Psychiatrie. Physischer und neurologischer Status: kein pathologischer Befund, mit Ausnahme der gewissen Vergrößerung der Schilddrüse, Zittern der Lider und Finger. Psychischer Status: bei völlig erhaltener Orientierung, erregt, spricht unablässig von ihren »unnormalen Augen«, verlangt Untersuchung durch einen Augenspezialisten. Behandlung mit Elektroschock, Aminasin, Stelasin. Sprach danach seltener über ihre Augen, läßt aber von der Vorstellung, daß sich ihre Augen »verändert« hätten, nicht ab. In ihrem Verhalten gegenüber Patienten und Personal unausgeglichen, manchmal grob, schrie, suchte Streit, dann wieder war sie sanft, aufmerksam, sprach offen über private Themen. Entlassung nach 3 Monaten. Die ersten 2 Monate danach war sie in normalem Zustand, fand eine Arbeit. Dann »fiel ihr wieder alles ein«, sie wurde gereizt, beschimpfte die Mutter, der sie vorwarf, sie wolle sie »für ihr ganzes Leben zur alten Jungfer« machen. Auf der Arbeit stritt sie mit den Arbeitskollegen, verweigerte die Erfüllung ihrer unmittelbaren Aufgaben, was sie damit begründete, sie dächte nicht daran, »Idiotenarbeit« zu machen, war grob im Umgang mit Vorgesetzten. Wurde bald darauf entlassen. Zu Hause weinte sie, sagte, entlassen hätte man sie »wegen ihrer häßlichen Augen«, schrie die Mutter an, verfiel danach in einen schlaffen, depressiven Zustand, lag stundenlang auf dem Bett, starrte vor sich hin, antwortete nicht auf Fragen. Erneute Einlieferung in die Psychiatrie, gegen ihren Willen, schrie die Mutter und den Arzt an. Hält sich nicht für krank, spricht nur widerwillig über ihre Augen, sagt wiederholt, daß sei ihre Privatangelegenheit. Ist erregt, grimassiert, betrachtet sich im Spiegel. Manchmal fängt sie laut an zu singen, lacht, verfällt danach in Depressionen. Behandlung mit Schocktherapie, Aminasin, Antidepressiva. Nach 4 Monaten in gutem Zustand entlassen. Nahm zwei Monate lang Aminasin, fühlte sich normal, fand eine Arbeit. Setzte danach die Aminasinbehandlung ab, wurde reizbar, betrachtete ständig ihre Augen, sagte, sie hätten sich während des Klinikaufenthaltes »stark verengt durch die Medikamente«, weinte, sagte immer wieder, jetzt würde sie niemand mehr heiraten, die Mutter hätte »ihr Ziel erreicht«. Hatte Geschlechtsverkehr mit einem ihr kaum bekannten Mann. Der Mutter sagte sie, das hätte sie getan, um sie zu ärgern. Schrie die Mutter an, drohte, sie zu verklagen »wegen ihrer verdorbenen Augen«, warf mit Gegenständen nach ihr. Wurde daraufhin erneut eingeliefert. Physischer und neurologischer Befund: Schilddrüse geringfügig vergrößert, Hände zittern. Psychischer Befund: bei Einlieferung gereizt, bösartig, schreit die Ärzte an. Lacht während der Unterhaltung an unpassenden Stellen, blickt zur Seite, oder wendet dem Gesprächspartner überhaupt den Rücken zu. Hält sich nicht für krank, leugnet Fakten ihres Fehlverhaltens. Kein Kontakt zu anderen Patienten, benimmt sich herablassend, bösartig. Verordnete Behandlung: Schocktherapie, Aminasin, Elektroschlaf. Patientin wurde dadurch weniger bösartig, nahm ihre Umgebung adäquat wahr. Von den Vorstellungen eines Verlustes nimmt sie keinen Abstand, weint, sowie das Gespräch auf ihre Augen kommt. Singt oft im Krankensaal, grimassiert, kitzelt Patienten. Versucht, Bekanntschaft mit Patienten der Männerabteilung zu schließen, spricht ziemlich frei über ihre sexuelle Neigung zu Männern. Hat sich aus Büroklammern »Lidstützen« gebastelt, die sie sich unter die Augenlider klemmt, wonach sie an Selbstbewußtsein gewinnt, Bekanntschaften mit Pflegern anzuknüpfen sucht. Entlassung nach 8 Monaten, Invalidin der 2. Kategorie. In den folgenden 35 Jahren 18 Einlieferungen in Psychiatrische Klinken, in denen sie insgesamt 28 Jahre verbracht hat. Nunmehr Invalidin der 1. Kategorie.

Die Patientin sitzt, die Augen gegen das grelle Licht zusammengekniffen.

STIMME Entkleiden Sie die Patientin.

Die Pfleger ziehen die Patientin nackt aus, werfen die Kleider auf den Boden. Die Patientin schreit, schlägt um sich, wird dann aber still auf ihrem Hocker, umarmt sich an den Schultern und murmelt vor sich hin.

STIMME Nehmen Sie der Patientin die Lidstützen ab.

Der eine Pfleger hält der Patientin die Arme fest, der andere zieht ihr die »Lidstützen« unter den Lidern hervor. Die Patientin schreit, schimpft, weint. Der

Pfleger legt die Gestelle auf den niedrigen Hocker, wonach sich beide Pfleger hinter die Patientin stellen. Die Tür in der Bühnenrückwand öffnet sich, auf die Bühne kommt ein Mann, gefolgt von zwei Pflegern. Der eine Pfleger trägt ein Säckchen und einen niedrigen Hocker, der andere einen hohen Hocker. Die drei kommen nach vorn und stellen sich neben die Patientin K. Der Pfleger stellt den hohen Hocker auf den Boden, der Mann setzt sich darauf. Der andere Pfleger stellt den niedrigen Hocker auf den Boden vor den Sitzenden und wirft das Säckchen daneben. Dann stellen sich beide Pfleger hinter den Sitzenden. Plötzlich fällt auf ihn ein greller Lichtkegel. Der Mann senkt den Kopf.

STIMME ÜBER LAUTSPRECHER Patient G., 29 Jahre, Geologe. Vater – verschlossen, schwer zugänglich, litt in seiner Jugend an Schwermut. Mutter psychisch gesund. Patient wurde zum errechneten Zeitpunkt geboren, Kinderkrankheiten: Masern, Keuchhusten, Stomatitis. Litt im folgenden häufig an Angina. Im Vorschulalter wild, trotzig, draufgängerisch. Mit dem 9. Lebensjahr wurde er ruhiger, lernte gut, half den Eltern im Haushalt. In den oberen Klassen zeigte er eine Vorliebe für Mathematik, war fleißig, las viel. In der 10. Klasse wurde er einmal von einem Klassenkameraden verspottet, der sagte, Patient habe einen »Hühnerhals«. Zu Hause betrachtete er sich daraufhin lange im Spiegel, war bestürzt darüber, daß er sich »nie von hinten gesehen hatte, nicht wußte, daß sein Hals so dünn und widerwärtig« sei. Verfiel in depressive Zustände, weinte, wollte die Schule wechseln. Ließ sich die Haare länger wachsen, damit sie den Hals verdeckten, im Unterricht trug er einen Schal, sich auf eine Erkältung hinausredend. Wurde immer verschlossener, mied öffentliche Orte. Nach Abschluß der Schule (10 Klassen) Studium der Geologie an der MGU. Studierte mit Erfolg, trug aber wie zuvor schon einen Schal, mied den Umgang mit Studienkollegen, war verschlossen. In den Sommerferien verliebte er sich in eine Studienkollegin seines Kurses, gestand ihr seine Liebe, wurde aber nicht erhört. Litt sehr darunter, fiel in Depressionen, war überzeugt, das sei »alles wegen seines häßlichen Halses«. Weinte, wollte »so weit wegfahren wie möglich«, hörte auf zu essen. Auf Bitten der Eltern untersuchte ihn eine Koryphäe der Psychiatrie und wies ihn zur Behandlung in die Klinik ein. Physischer und neurologischer Status: regelrecht. Psychischer Status: bei völlig intakter Orientierung, bedrückt, kontaktscheu. Sagt, es sei ihm »schwer, mit solch einem körperlichen Makel zu leben«, bittet, ihm »auf medizinischem Wege« zu helfen. Pflegt mit den anderen Patienten keinerlei Umgang, verbringt die meiste Zeit im Bett. Angeordnet wurde Behandlung mit Schocktherapie und Antidepressiva. Die Stimmung des Patienten besserte sich zusehends, er wurde sehr viel lebhafter, umgänglicher, spielte gern Schach. Von der Vorstellung seines »körperlichen Makels« war er nicht abzubringen, auch wenn er sagte, er »belaste ihn jetzt nicht mehr so sehr«. 2 Monate nach Einlieferung entlassen in ruhigem Zustand. Ein halbes Jahr lang fühlte er sich normal, obwohl er ständig einen Schal um den Hals trug. Besuchte die Veranstaltungen der MGU gern, blieb seinen Studienkollegen jedoch entfremdet. Zu den Eltern war er formell höflich, unterhielt aber keine engen, vertraulichen Beziehungen zu ihnen.

Las viel, um eine einsame Lebensführung bemüht, öffentliche Orte meidend. Der Zustand verschlechterte sich, als der Patient erfuhr, daß das Mädchen, in das er verliebt war, heiraten würde. Verfiel in depressiven Zustand, blieb den Vorlesungen fern, meldete sich überraschend zu einer geologischen Expedition nach Westsibirien. Verbrachte auf dieser Expedition 47 Tage. Verhielt sich zu Beginn normal, versuchte Kontakt aufzubauen, beteiligte sich interessiert an den Forschungsarbeiten, war den Kollegen behilflich. Dann jedoch stellten sich im Verhalten des Patienten »Merkwürdigkeiten« ein, er mied die gemeinsamen Mahlzeiten, suchte die Einsamkeit. Dann verweigerte er die Arbeit, mit der Begründung, ihm sei »der Hals abgestorben«, verließ sein Zelt nicht mehr. Nach Untersuchung durch einen Psychiater Einweisung in die örtliche Psychiatrie. Physischer und neurologischer Status: regelrecht. Psychischer Status: bei erhaltener Orientierung, bedrückt, spricht nur mit Mühe über seine Leiden. Wiederholt öfter, das Leben sei für ihn »zu Ende«, bzw. er »möchte dort leben, wo es keine Menschen gibt, die doch nichts anderes können als spotten«. Keine Kontaktaufnahme zu Patienten und medizinischem Personal. Behandlung: Schocktherapie, Aminasin, Antidepressiva. Stimmung des Patienten besserte sich, Patient wurde mitteilsamer, umgänglicher, doch von der Idee eines körperlichen Makels kam er nicht los. Trotz der nach Behandlung eingetretenen Ruhe und einem äußerlich fehlerfreien Verhalten, begann Patient zugleich eine deutliche Neigung zum Raisonnieren zu entwickeln, zu monoton gleichlautenden Antworten. So konnte der Patient, auf die Frage, ob sein

Hals ihm Sorgen machte, äußerst weitschweifig und verworren davon anfangen zu sprechen, daß »wir alle auf einem Planeten leben«, »daß jeder von uns ein Mensch ist und nicht noch etwas«, »daß man nie vergessen darf, daß man ein Mensch ist«, u. dgl. Er erzählte dem Arzt, er fühle sich in letzter Zeit verändert, es sei ihm »etwas geschehen«, aber dieses Gefühl zu beschreiben, war er nicht imstande, weil er »nie zuvor etwas Ähnliches erlebt« habe. Entlassen nach 4 Monaten. Bei der Entlassung ruhig, umgänglich, unterhielt sich gern mit dem Arzt, nur nicht über das Thema des eingebildeten »körperlichen Makels«. In den folgenden 10 Jahren 6 Einweisungen in die Psychiatrie. In den letzten 4 Jahren trägt er ständig eine Art Korsett um den Hals, das er seine »Halskrause« nennt. Sagt, mit der »Halskrause« fühle er sich »wie ein Mensch«; nimmt die »Halskrause« nur nachts ab.

Der Patient sitzt, den Kopf gesenkt.

STIMME Entkleiden Sie den Patienten.

Die Pfleger ziehen den Patienten nackt aus, werfen die Kleider auf den Boden. der Patient leistet keinen Widerstand, setzt sich, entkleidet, wieder auf den Hocker, gebeugt, die Hände vor dem Gesicht.

STIMME Nehmen Sie dem Patienten die »Halskrause« ab.

Der eine Pfleger hält den Patienten, der andere nimmt ihm die »Halskrause« ab und legt sie auf den niedrigen Hocker, der vor dem Patienten steht. Der Patient um-

faßt seinen Hals mit beiden Händen und sitzt, den Kopf gesenkt. Die Pfleger stellen sich hinter den Patienten.

STIMME Maschinelles Funkionieren, mechanische Aufteilung der Strukturen, Promodo, Verbindung zum Kurbelgleiter gewährleistet langfristige Lebensdauer der zentralen Wasserbauzentrale, die das Stützglied des Systems darstellt. Funktion der drei Nebenwasserbauzentralen abhängig von der rechtzeitigen Zufuhr von Elektroenergie, hermetischer Geschlossenheit des Laufsystems und zulässiger Elastizität der hydraulischen Flüssigkleit. Hydromechanischer Antrieb der drei Nebenzentralen basiert auf neun Schienenlagern, angebracht an den Enden des unteren Aufsatzes des Systems, und gewährleistet den gleichmäßigen Wechsel von Ruppor und Grafitstift. Keilsimplifikato, anoro, umaristo, cholesto ukarebo, meeresspiegelnormalo, kontrollnorm-modello, effekto-funktionalo, effektolo effekto biochemio, mageneritroto. Nein, Reißen an Ketten, nein, Schlagen mit Kette, nein, Schlagen auf Gelenke, nein, Herausbohren des Hypothalamus, nein, Beine zersägen, nein, Haut abziehen, nein, Schlagen mit Kette, nein, Reißen mit Ketten, nein, Schlagen mit Kette, nein, Reißen mit Ketten, nein, Schlagen mit Kette, nein, Reißen mit Ketten, nein, Schlagen mit Kette, nein, Reißen mit Ketten, nein, Schlagen mit Kette, nein, Reißen mit Ketten. Nikolaj Vasiljevic stand langsam auf, legte mit bebenden Händen das Buch auf den Tischrand und sagte mit leiser brüchiger Stimme: die Muster auf dem Tischtuch, die Muster auf dem Tisch, die Muster an den Wänden, die Muster auf dem Tisch, die Muster auf dem Tischtuch, die Muster an den Wänden, die Muster auf dem Tisch, die Muster auf dem Tischtuch, die Muster an den Wänden, die Muster auf dem Tisch, die Muster auf dem Tischtuch, die Muster an den Wänden. Unspezifisches, biochemisches, klinisches, mastdarm-, menstruales, effektives, hydrochlorides, fettes, gewichtiges, phenobarbitales, intramuskuläres, reaktives, somatisches, vegetatives, emotionales, medikamentöses, asthenisches, stationäres, homogenes. Essen von Exkrementen ist ein Verbrechen. Essen von Exkrementen ist ein Verbrechen. Essen von Exkrementen ist ein Verbrechen. Essen von Exkrementen ist ein Verbrechen. Essen von Exkrementen ist ein Verbrechen. Essen von Exkrementen ist ein Verbrechen. Essen von Exkrementen ist ein Verbrechen. Essen von Extrementen ist ein Verbrechen. Das Gleichgewicht des im Mutterleib verwesenden Embryos, das in seinen Formen an die Beschlüsse des X. Parteitags erinnert, ist abhängig vom Eiweißanteil im Harn der Mutter, wie auch von den ausgebreiteten zerkleinerten Armen, den durch Stahlklammern verstärkten Ohren, den an Ventilatorflügeln aufgehängten Därmen, den mit Silikatleim verklebten Fingern, den mit Schwefelsäure gewaschenen Knochen, den von Fett gereinigten und getrockneten Haaren, den ausgelösten und zu Pulver zermahlenen Fingernägeln, den ausgelösten und in Spiritus gelegten Samengefäßen, den ausgelösten und in Spiritus gelegten Herzkammern, den ausgelösten und in Spiritus gelegten Milzdrüsen, den ausgelösten und in Spiritus gelegten Nieren, Auftrag Nr. 30, Porträtspeichel, Gesabber, Sprungfederreichtum, Auftrag Nr. 30, Porträtspeichelgesabber, Sprungfederreichtum, Auftrag Nr. 30, Porträtspeichelgesabber, Sprungfederreichtum, zieh, Vasilij, Arachniden in flüssigem Glas, dominanter Septakkord, zieh, Vasilij, Arachniden in flüssigem Glas, dominanter Septakkord, zieh, Vasilij, Arachniden in flüssigem Glas, dominanter Septakkord, Germanenpentakel, ich trank die knietiefe, Frauenbataillone, Germanenpentakel, ich trank die knietiefe, Frauenbataillone, ich trank die knietiefe, Germanenpentakel, ich trank die knietiefe, Frauenbataillone, liebes Insulin, künstliche Häuser, Würmer auf der Brust, liebes Insulin, künstliche Häuser, Würmer auf der Brust, liebes Insulin, künstliche Häuser, Würmer auf der Brust, Gottesmutter der Schraubenmuttern, weißer Mord, Labrador am Ural, Gottesmutter der Schraubenmuttern, weißer Mord, Labrador am Ural, Gottesmutter der Schraubenmuttern, weißer Mord, Labrador am Ural, Schutzwälle aus Griffeln, Dorothy von den Seufzern, erschreckte Mechanismen, Schutzwälle aus Griffeln, Dorothy von den Seufzern, erschreckte Mechanismen, Schutzwälle aus Griffeln, Dorothy von den Seufzern, erschreckte Mechanismen, Unterhautstädte, jugendliche Knochenmühlen, die Avalakitesvara von Kazan, Unterhautstädte, jugendliche Knochenmühlen, die Avalakitesvara von Kazan, Unterhautstädte, jugendliche Knochenmühlen, die Avalakitesvara von Kazan, Viktor Timofeevič Lutschamschwanz, Hochspannungsregierung, Lieblingsbombenwerfer, Viktor Timofeevič Lutschamschwanz, Hochspannungsregierung, Lieblingsbombenwerfer, Viktor Timofeevič Lutschamschwanz, die Hochspannungsregierung, der Lieblingsbombenwerfer, Widerstand der

Faschisten, Mauren der Schlösser, Injektion von reinem Eiter, Widerstand der Faschisten, Mauren der Schlösser, Widerstand von reinem Eiter, Injektion von reinem Eiter, Injektion von reinem Eiter, Injektion von reinem Eiter, Injektion von reinem Eiter, Injektion von reinem Eiter.

Die Tür in der Bühnenrückwand öffnet sich, auf die Bühne kommen mit schnellem Schritt sieben Krankenschwestern in weißen Kitteln, einsatzbereite Spritzen in der Hand. Die Pfleger packen die Patienten an den Armen, drücken sie auf die Hocker. Die Schwestern treten, jede auf ihren Patienten, zu und verpassen ihnen eine schnelle Injektion ins Schulterblatt, worauf die Patienten unterschiedlich reagieren: der eine schreit auf, der andere weint, andere fluchen, schweigen. Die Pfleger drücken die Patienten auf die Hocker. Die Schwestern gehen ab. Nach einiger Zeit beruhigen sich die Patienten, die Pfleger geben ihre Arme frei.

STIMME Kleiden Sie die Patienten an.

Die Pfleger heben die Säcke vom Boden auf, holen aus ihnen Theaterkostüme hervor, ziehen sie den Patienten an: Patient G. zieht das Hamletkostüm an, Patientin D. das der Julia, Patient K. das des Königs, Patientin K. das der Königin, Patient T. das des Tybalt. Patientin K. das der Amme, Patient G. das des Horatio. Die Pfleger stecken die Krankenhauskleider in die Säcke, desgleichen die Exponate von den Hockern, nehmen Hocker, Säcke und gehen ab. Die Patienten bleiben auf der Bühne.

STIMME Spielen.

Die Bühne versinkt im Dunkel.

Eine Zeit später erhellt grelles Tageslicht den Platz in Verona vor dem Schloß von Helsingör. Mitten auf dem Platz hält Tybalt Wache. Auf dem Platz ausgestellt sind: das Einweckglas, das Pflaster, der Pfropf, der Geradehalter, der Mundschutz, die Lidstützen, die Halskrause. Alle Gegenstände in Weiß, einige davon stark vergrößert (das Glas beispielsweise übermenschengroß). Horatio tritt auf.

TYBALT Wer da?
HORATIO Nein, mir antwortet: steht und gebt euch kund!
TYBALT Lang lebe die Königin!
HORATIO Tybalt?
TYBALT Er selbst.
HORATIO Ich komm gewissenhaft auf Eure Stunde. Es schlug schon zwölf, mach dich zu Bett, Tybalt.
TYBALT Dank für die Ablösung! 's ist bitter kalt, und mir ist schlimm zu Mut.
HORATIO War alles ruhig?
TYBALT Alles mausestill.
HORATIO Nun, gute Nacht. Und wenn du auf die Amme stößt, so heiß sie eilen.

Auftritt Amme.

AMME Des Dänen Freundin, Dienerin des Landes.
TYBALT Habt gute Nacht.
AMME Gott mit dir, wackrer Krieger.

Tybalt geht ab.

AMME Nun, ist das Ding heut wiederum erschienen?
HORATIO Ich habe nichts gesehn.
AMME Pah, pah! es wird nicht kommen.
HORATIO Die allerletzte Nacht, als eben jener Stern, vom Pol gen Westen, in seinem Lauf den Teil des Himmels hellte, wo jetzt er glüht, nein, weiter westlich, noch ein wenig weiter, indem die Glocke eins schlug . . .

Am Bühnenrand erscheinen zwei Pfleger, die auf einer weißen Bahre einen gigantischen schwarzen Wurm tragen. Der Wurm bewegt sich schwach.

AMME O still! halt ein! Sieh, wie er wieder kommt!
HORATIO Ganz in Gestalt wie der verstorbne König.
AMME Du bist gelehrt, sprich du mit ihm, Horatio.
HORATIO Wer bist du, der sich dieser Nachtzeit anmaßt, und dieser edlen, kriegerischen Gestalt, worin die Hoheit des begrabnen Dänmark weiland einherging? Ich beschwöre dich beim Himmel, sprich!
AMME Er ist beleidigt.
HORATIO Seht, er schreitet weg! Bleib, sprich! Sprich, ich beschwör dich: Sprich!

Die Pfleger tragen den Wurm fort.

HORATIO Fort ist er schon und will nicht reden.
AMME Wie nun, Horatio? Du zitterst und siehst bleich, du Schwein? Ist dies nicht etwas mehr als Einbildung? Die Wahrheit? Was sagst du?
HORATIO Bei meinem Gott, ich dürfte dies nicht glauben, hätt ich die sichre, fühlbare Gewähr der eignen Augen nicht.

AMME Sieht er nicht dem König gleich?

HORATIO Wie ich mir selbst. Genau so war die Rüstung, die er trug, als er sich mit dem stolzen Norweg maß; so dräut er einst, als er in hartem Zweisprach aufs Eis warf den beschlitteten Polacken. ’s ist seltsam.

AMME Die Schweine.

HORATIO Ja. Wie dies bestimmt zu deuten, weiß ich nicht; allein soviel ich insgesamt erachte, verkündet’s unserm Staat besondre Gärung.

AMME Schon möglich, Freund Horatio, doch heute ist das Denken anderswo. Heute ist Maskenball bei der Königin . . . Doch horch, da kommt jemand!

Auftritt Tybalt.

TYBALT Mir nach, mir nach! Ich will mit ihnen reden. – Ein Wort mit euer einem, und was dann – sagt uns die Stimmung.

HORATIO Nur ein Wort mit einem von uns? Gebt noch was zu: laßt es ein Wort und einen Schlag sein.

TYBALT Dazu werdet Ihr mich bereit genug finden, wenn Ihr mir Anlaß gebt.

HORATIO Könntet Ihr ihn nicht nehmen, ohne daß wir ihn gäben?

TYBALT Horatio, du harmonierst mit Hamlet!

HORATIO Harmonierst? Was? Machst du uns zu Musikanten? Wenn du uns zu Musikanten machen willst, so sollst du auch nichts als Dissonanzen zu hören kriegen. Hier ist mein Fiedelbogen: wart’! der soll dich tanzen lehren. Tanzen. Ja! Über das Harmonieren! Ha, kapiert?

AMME Ihr redet hier auf öffentlichem Markt. Entweder sucht euch einen stillern Ort, wo nicht, besprecht euch kühl in eurem Zwist. Sonst geht! Hier gafft ein jedes Aug' auf euch.

HORATIO Zum Gaffen hat das Volk die Augen: laßt sie! Ich weich' und wank' um keines willen, ich! Zum Gaffen hat der Mensch die Augen, das kann er nicht mit Händen oder gar der Brust. Er gafft mit seinen Augen.

Auftritt Hamlet.

AMME Zieht mit Gott, in Frieden. Hier kommt mein Gesell.

HORATIO Ich will gehängt sein, Herr! Oder was sie sonst noch Böses mit mir machen, wenn Ihr sein Meister seid. Doch stellt Euch nur, er wird sich zu Euch halten; in dem Sinn mögen Eure Gnaden wohl Gesell' ihn nennen.

TYBALT Hamlet, der Haß, den ich dir schwur, gönnt diesen Gruß dir nur: du bist ein Schurke!

HAMLET Tybalt, die Ursach', die ich habe, dich zu lieben, mildert sehr die Wut, die sonst auf diesen Gruß sich ziemt'. Ich bin kein Schurke, drum lebe wohl! Ich seh' du kennst mich nicht. *Will gehen.*

TYBALT Nein, Knabe! Dies entschuldigt nicht den Hohn, den du mir angetan: kehr um und zieh!

HAMLET Ich schwöre dir, nie tat ich Hohn dir an. Ich liebe mehr dich, als du denken kannst. Bis du die Ursach' meiner Liebe weißt. Drum, guter Capulet, ein Name, den ich wert wie meinen eignen halte, sei zufrieden. Ich geh. Ich hab noch einiges zu tun.

HORATIO O zahme, schimpfliche, verhaßte Demut! – Die Kunst des Raufers trägt den Sieg davon! – *Er zieht.* Tybalt, du Ratzenfänger! willst du dran?

TYBALT Was willst denn du von mir?

HORATIO O lieber Katzenkönig, ich will Euch nur eins Eurer neun Leben nehmen, doch wenn es sein muß, auch die übrigen acht aus Euch herausschlagen. Wollt Ihr bald Euren Degen bei den Ohren aus der Scheide ziehn? Macht zu, sonst habt Ihr meinen um die Ohren, eh er heraus ist. Und das würdet Ihr bereuen, sehr bereuen.

TYBALT Ich steh' zu Diensten! *Er zieht.*

HAMLET Horatio, Freund, steck deinen Degen ein!

AMME Steck ihn, steck ihn rein!

HORATIO Kommt, Herr! Laß Eure Finten sehn, ich gebe Antwort Euch auf jeden Schlag, macht zu. Ich bin bereit.

Sie fechten.

HAMLET Tybalt, Horatio! Der König verbot ausdrücklich solchen Aufruhr in Veronas Gassen! Ein Verbrechen ist das also, und gefährlich. Halt, Tybalt! Freund Horatio! Gleich werde ich euch auseinanderbringen!

AMME Bring die Idioten auseinander! Bei meiner gräßlichen Mutter!

Tybalt verwundet, unter dem Arm Hamlets, Horatio und flieht.

HORATIO Ich bin verwundet! Bin verwundet! – Zum Teufel beider Sippschaft! Ich bin hin! Und es tut weh! tut weh! Und ist er fort? und hat nichts abgekriegt?

HAMLET Du bist verwundet? wie? Sei guten Muts, Freund! Die Wunde kann nicht beträchtlich sein.

AMME Nicht sehr.

HORATIO Ja, nicht sehr. Nicht so tief wie ein Brunnen, oder wie ein Bergwerksschacht, oder eine Gletscherspalte, noch so weit wie eine Kirchentüre. Und nicht breiter als der Leninprospekt. Aber sie reicht hin, daß es mir schlecht, sehr schlecht geht. Frag morgen nach mir, und du wirst einen still liegenden Mann an mir finden, als würde ich schlafen. Aber ich werde nicht schlafen. Zum Teufel beider Sippschaft! Für diese Welt ist mir der Spaß versalzen. Ja, es ist gräßlich! Von einem Ratzenfänger, einem solchen Menschen zu Tod gekratzt zu werden! Von einem Prahler, einem Schuft, der nach dem Rechenbuche ficht! – Warum, zum Teufel, kamst du zwischen uns? Unter deinem Arm wurde ich verwundet! Du hast gehandelt wie ein Schuft. Nicht wie ein Freund.

HAMLET Ich dacht' es gut zu machen.

AMME Das Denken soll man den Pferden überlassen.

HORATIO Ruft einen Arzt! Schnell einen Arzt! – Zum Teufel eure Häuser! Sie haben Würmerspeis aus mir gemacht, und du bist daran schuld! Ehrlose Menschen, ihr! Verdammtes Pack! Ihr tut mir nichts als Böses!

HAMLET Einen Arzt! Einen Arzt!

Zwei Pfleger kommen herein und führen Horatio hinaus.

HAMLET O furchtbar, und wie widerwärtig.

AMME Hat man keine Stimme mehr, so weint man nicht mehr um die Haare. Komm, der Ball fängt an. Folge mir, als gingen wir getrennt, und setz die Maske auf.

Hamlet setzt eine Gesichtsmaske auf, die die obere Gesichtshälfte verdeckt. Die Amme geht zum Schloß, Hamlet folgt ihr kurz danach. Die Amme geht in das Schloß bis ins Zimmer der Königin. Das geräumige Zimmer der Königin ist mit bläulichem Licht erhellt. Der gesamte Fußboden ist vollgestellt mit weißen Einweckgläsern verschiedener Größe. Auf einem von ihnen sitzt die Königin.

KÖNIGIN Ruft meine Tochter her; wo ist sie, Amme?
AMME Bei meiner Jungfernschaft im zwölften Jahr – ich rief sie schon. He, Lämmchen, zartes Täubchen, Blümchen – Daß Gott! Wo ist das Kind? He, Juliette?

Julia kommt.

JULIA Was ist? wer ruft mich?
AMME Eure Mutter.
JULIA Hier bin ich, gnädge Mutter! Was beliebt?
KÖNIGIN Die Sach' ist diese! – Amme, geh beiseit. Wir müssen heimlich sprechen. Amme, komm nur wieder her, ich habe mich besonnen; ich will dich mit zur Überlegung ziehn; du weißt, mein Kind hat schon ein hübsches Alter.
AMME Das zähl ich, meiner Treu, am Finger her. Ihr könnt mich foltern, wie Ihr wollt. Ich würde mich nicht irren.
KÖNIGIN Sie ist noch keine vierzehn Jahre alt.
AMME Ich wette vierzehn meiner Zähne drauf – zwar hab ich nur vier Zähn', ich arme Frau – sie ist noch keine vierzehn, sie wird es erst an Johannis. Johannistag zu Abend wird sie vierzehn. Suschen und sie – Gott gebe jedem Christen das ewge Leben! – wa-

ren eines Alters. Nun, Suschen ist bei Gott; sie war zu gut für mich! Doch wie ich sagte, Johannistag zu Abend wird sie vierzehn. Das wird sie, meiner Treu, ich weiß recht gut. Elf Jahr' ist's her, seit wir's Erdbeben hatten; und ich entwöhnte sie der Brust (mein Leben lang vergeß' ich's nicht) just auf denselben Tag. O Gott, was sind sie alle Schweine! Das Mädchen war so lieb. Ich hatte Wermut auf die Brust gelegt. Und saß am Taubenschlage in der Sonne; die gnäd'ge Herrschaft war zu Mantua. (Ja, ja! ich weiß es noch wie heut.) Nun, wie ich sagte: Als es den Wermut auf der Warze schmeckte und fand ihn bitter, närr'sches kleines Ding – wie's böse war und mit den Händchen nach der Brust schlug! Da krachte plötzlich laut der Taubenschlag und ich, zum Teufel, wußte nicht wohin. Erschlagen hätt er mich! Seit dieser Zeit ist's nun elf Jahre her, denn damals konnt' sie noch nicht stehn. Was sag ich da, sie lief und watschelte schon flink herum, wie eine Ente, watschelt' wie ein Entlein, denn tags zuvor fiel sie die Stirn entzwei, und da hob sie mein Mann – Gott hab ihn selig! er war ein lust'ger Mann – vom Boden auf. »Ei«, sagt' er, »fällst du so auf dein Gesicht? wirst rücklings fallen, wann du klüger bist!« Mein Lämmchen, zartes Täubchen, Blümchen, meine Kleine schrie nicht mehr und sagte: »Ja, ich werde auf den Rücken fallen.« Das war'n noch gute Kinder! Nicht solche Schweine, wie sie heute sind! Und sollt' ich hundert Jahre leben, könnte ich's vergessen! Ich werde auf den Rücken fallen, wenn ich klüger bin!

KÖNIGIN Genug davon, ich bitte dich, halt still.

AMME Da seh' man, wie so'n Spaß zu Vorschein kommt! O je! O meine böse Mutter! Ich werde rücklings fallen, wenn ich älter bin! Das ist ein braves Kind! Ich kann nicht mehr! Mein Lämmchen! Kleines! Süßes Ding! Ja, rücklings! Oh! Ha-ha!

JULIA Ich bitt' dich, Amme, sei doch still.

AMME Gut, ich bin still, ich schweige. Du warst das liebste Kind, das ich gesäugt. Erleb' ich deine Hochzeit noch, so wünsch ich weiter nichts!

KÖNIGIN Die Hochzeit, ja! das ist der Punkt, von dem ich sprechen wollte. Sag mir, Julia, wie steht's mit deiner Lust, dich zu vermählen?

JULIA Ich träumte nie von dieser Ehre noch.

AMME Von dieser Ehre! Gott! Hättst du eine andre Amme als mich gehabt, so wollt' ich sagen: Kind, du habest Geist und Ehre und Gewissen mit meiner Milch gesogen, Lämmchen, Vögelchen!

KÖNIGIN Gut, denke jetzt daran. Jünger noch als du sind angeseh'ne Frauen in Verona schon Mütter geworden. Ist mir recht, so war ich deine Mutter in demselben Alter, wo du noch Mädchen bist. Mit einem Wort: der junge Hamlet wirbt um deine Hand.

AMME Das ist ein Kavalier, mein Fräulein! Solch ein Mann, ein schöner Mann und stark, ein Mann wie Zucker!

KÖNIGIN Die schönste Blume von Veronas Flor.

AMME Ja, eine Blume, wahrlich eine Blume! Nicht irgendeine unter vielen, er ist die schönste Blume von Verona.

KÖNIGIN Was sagst du, könntest du ihn lieben? Heut abend siehst du ihn bei unserm Fest. Dann lies im Buche seines Angesichts, in das der Schönheit Griffel Wonne schrieb. Betrachte seiner Züge Lieblichkeit, wie jeglicher dem andern Zierde leiht. Was dunkel in dem holden Buch geblieben, das lies in seinem Aug am Rand geschrieben. Hamlet sagt oft kluge Dinge. Er ist ein kluger Mann. Doch würd' ich sagen: Freiers ungebund'ner Stand, dies Buch der Liebe braucht nur einen Band. Das Buch glänzt allermeist im Aug' der Welt, das solche Lehr' in gold'nen Spangen hält. So wirst du alles, was er hat, genießen, wenn du ihn hast, ohn' etwas einzubüßen.

AMME Einbüßen? Nein, zunehmen wird sie eher; die Weiber nehmen oft durch ihre Männer zu.

KÖNIGIN Sag kurz, siehst du der Liebe dich geneigt?

JULIA Gern will ich sehn, ob Sehen Neigung zeugt. Doch weiter soll mein Blick den Flug nicht wagen, als ihn die Schwingen Eures Beifalls tragen.

KÖNIGIN Dann komm, Julietta. Alle Gäste sind versammelt, der König wartet.

AMME Behüt' Euch alle Gott.

Die Amme geht ab. Die Königin und Julia gehen in den Großen Saal des Schlosses von Helsingör. Der Saal ist hell erleuchtet. Der Fußboden im Saal ist ringsumher vollgestellt mit weißen Einweckgläsern und weißen Geradehaltern verschiedener Größe. Im Hintergrund des Saals auf dem Thron sitzt der König. In einigem Abstand steht Tybalt, der sich vor Königin und Julia verneigt. Der König erhebt sich vom Thron, reicht der Königin den Arm und setzt sie neben sich. Julia stellt sich daneben. Auftritt Hamlet und Horatio in Gesichtsmasken. Alle Anwesenden legen ebenfalls Masken an. Hamlet und Horatio verneigen sich vor König und Königin.

KÖNIG Willkommen, meine Herrn! Wenn Eure Füße kein Hühnerauge plagt, ihr Damen, flink ans Werk! Und ziert sich eine, die, ich wette, hat Hühneraugen. Kommt, Musikanten, spielt! Macht Platz da, Platz! Ihr Mädchen, tanzt!

Musik; Tybalt und Julia tanzen.

HAMLET *an Horatio gewandt* Wer ist das Fräulein, welche dort den Tänzer mit ihrem Reiz beehrt?

HORATIO Ich weiß nicht, Freund. Ich bin verwundet, habe Schmerzen. Unter deinem Arm biß mich die stählern Schlange, ich habe Schmerzen, und er, der Schurke, tanzt. Ich weiß nicht, weiß nicht, nichts weiß ich.

HAMLET O sie nur lehrt die Fackeln, hell zu glühn! Wie in dem Ohr des Mohren ein Rubin, so hängt der Holden Schönheit an den Wangen der Nacht; zu hoch, zu himmlisch dem Verlangen. Sie stellt sich unter den Gespielen dar als weiße Taube in der Krähenschar. Schließt sich der Tanz, so nah' ich ihr: ein Drücken der zarten Hand soll meine Hand beglücken. Liebt' ich wohl je? Nein, schwör' es ab, Gesicht! Du sahst bis jetzt noch wahre Schönheit nicht.

TYBALT *bleibt stehen* O diese Stimme! Hamlet unter uns! He, hole mir mein Schwert! Was wagt der Schuft, vermummt in einer Maske, herzukommen zu Hohn und Schande unserm Fest! Mein Schwert!

KÖNIG Was habt Ihr, Vetter? Welch ein Sturm, wozu?

TYBALT Seht, Euer Majestät! der hier ist Hamlet.

KÖNIG Seid ruhig, Vetter, laß ihn gehn. Er hält sich wie ein wackrer Edelmann. Ich möchte nicht für alles Gut der Stadt in meinem Haus ihm einen Unglimpf tun. Drum seid geduldig; streift die Runzeln weg, die übel sich bei einem Feste ziemen.

TYBALT Mir kämpft Geduld aus Zwang mit will'ger Wut im Innern und empört mein siedend Blut. Ich gehe – doch so frech sich aufzudringen – was Lust ihm macht, soll bitt'ren Lohn ihm bringen. *Geht ab.*

HAMLET *tritt auf Julia zu und berührt ihre Hand* Entweihet meine Hand verwegen dich, o Heiligenbild, so will ichs lieblich büßen. Zwei Pilger neigen meine Lippen sich, den herben Druck im Kusse zu versüßen.

JULIA Lieber Pilger, lege nichts der Hand zuschulden für ihren sittsam-andachtsvollen Gruß. Der Heiligen Rechte darf Berührung dulden, und Hand in Hand ist frommer Pilger Kuß.

HAMLET Hat nicht der Heilige Lippen wie ein Pilger?

JULIA Ja, fürs Gebet, mein guter Pilger.

HAMLET Oh, so vergönne, Heil'ge, Engel nun, daß auch die Lippen wie die Hände tun. Voll Inbrunst beten sie zu dir: erhöre, daß Glaube sich nicht in Verzweiflung kehre.

JULIA Du weißt, ein Heil'ger pflegt sich nicht zu regen, auch wenn er eine Bitte zugesteht.

HAMLET So reg dich, Holde, nicht, wie Heil'ge pflegen, derweil mein Mund dir nimmt, was er erfleht. *Er küßt sie.* Nun hat dein Mund ihn aller Sünd' entbunden.

JULIA So hat mein Mund zum Lohn sie für die Gunst?

HAMLET Zum Lohn die Sünde? Sünde? Vorwurf, süß erfunden! Gebt sie zurück. Gebt mir meine Sünde wieder!

JULIA Ihr küßt recht nach der Kunst. *Sie küßt ihn.*

König und Königin verlassen den Saal. Horatio geht ab. Auftritt Amme.

HAMLET *an die Amme gewandt* Wer ist des Fräuleins Mutter?

AMME Wie, junger Herr? Das wißt Ihr nicht? Ei nun, das ist die Herrin dieses Hauses, gar eine wackre Frau und klug und ehrsam. Die Tochter, die Ihr meint, hab ich gesäugt. Mein kleines Vögelchen, mein gutes Mädchen.

HAMLET Des Königs Tochter! Welch ein Preis! mein Leben ist meinem Feind als Schuld gegeben. Dahin ist alles, hingegeben.

JULIA Komm zu mir, Amme; wer ist dort der Herr?

AMME Sein Nam' ist Hamlet.

JULIA So große Lieb' aus großem Haß entbrannt! Ich sah zu früh, den ich zu spät erkannt. Doch kann ich dies Gefühl nicht mehr besiegen, den schlimmsten Feind aufs zärtlichste zu lieben.

HAMLET *zur Amme* Sag ihr, ich komme heute nacht zu ihr.

AMME Ich sag's, ich sag' es ihr, mein Herz.

JULIA Sag, liebste Amme, sage ihm, ich würde heute nacht auf ihn im Garten warten.

AMME Ich sag's, ich sag' es ihm, mein Vögelchen, mein Lämmchen.

Amme und Julia gehen ab.

HAMLET Ich komme, ja, ich werde kommen. Nicht liebt das Licht mich ohne Engel, das geliebte Wesen, des Bild mir unverhofft in Herz, in Hirn und Seele eingedrungen . . . Wie seltsam. Dieser Liebreiz, einfach und natürlich . . . Schön ist es mit ihr. An sie nur kann ich denken. Doch was soll ich tun? Das nennt man wohl – die Liebe. Liebe? Die Liebe kannt ich früher nur vom Hörensagen, jetzt bin ich ihr begegnet – von Angesicht zu Angesicht. Die Liebe hat mich angehaucht. Ihr Atem brennt.

Er geht in den Garten. Der Garten ist nur schwach von Mondschein erhellt; da und dort stehen weiße Pfropfen verschiedener Größe. Julia tritt auf den Balkon.

HAMLET Sie ist es, meine Göttin! meine Liebe! O wüßte sie, daß sie es ist! – Sie spricht, doch sagt sie nichts: was schadet das? Ihr Auge red't, ich will ihm Antwort geben. – Ich bin zu kühn, es redet nicht zu mir. Ein Paar der schönsten Stern' am ganzen Himmel wird ausgesandt und bittet Juliens Augen, in ihren Kreisen unterdes zu funkeln. Doch wären ihre Augen dort, die Sterne in ihrem Antlitz? Würde nicht der Glanz von ihren Wangen jene so beschämen wie Sonnenlicht die Lampe? Würd' ihr Aug' aus luft'gen Höhn sich nicht so hell ergießen, daß Vögel sängen, hell den Tag zu grüßen? O wie sie auf die Hand die Wange lehnt! Wär' ich der Handschuh doch auf dieser Hand und küßte diese Wange!

JULIA Weh mir!

HAMLET Horch! Sie spricht! O sprich noch einmal, lichter Engel. Sprich. Denn über meinem Haupt erscheinest du der Nacht so glorreich wie ein Flügelbote des Himmels dem erstaunten, über sich gekehrten Aug' der Menschensöhne, die sich rücklings werfen, um ihm nachzuschaun, wenn er dahin fährt auf den trägen Wolken und auf der Luft gewölbtem Busen schwebt. Ganz wie ein Engel.

JULIA O Hamlet, Hamlet! Warum heißt er Hamlet, Verleugne deinen Vater, deinen Namen! Willst du das nicht, so schwör, daß du mich liebst – und ich bin länger keine Capulet.

HAMLET Ich nehme dich beim Wort. Nenn mich – die Liebe. Und ich will nie mehr Hamlet sein. Die Liebe will ich heißen. Und nicht Hamlet.

JULIA Wer ist hier? Wer belauscht mich? Hamlet, du! Wie kamst du her? o sag mir, und warum? Die Mauer hier ist hoch, schwer zu erklimmen; die Stätte ist der Tod und schrecklich, alles schreckt mich hier. Bedenke nur, wenn einer meiner Vettern dich hier findet.

HAMLET Der Liebe leichte Schwingen trugen mich; kein steinern Bollwerk kann der Liebe wehren. Die Liebe geht durch Stein, durch Erde, durch alle Stoffe, auch metallische: Drum hielten deine Vettern mich nicht auf.

JULIA Wenn sie dich sehn, sie werden dich ermorden.

HAMLET In deinen Augen droht mir mehr Gefahr als zwanzig ihrer Schwerter; blick du freundlich, so bin ich gegen ihren Haß gestählt.

JULIA Ich wollt' um alles nicht, daß sie dich sähn.

HAMLET Vor ihnen hüllt mich Nacht in ihren Mantel. Liebst du mich nicht, hilft nichts, hilft alles nichts. Dann bin bereit ich, jeden Tod zu sterben.

JULIA Wer zeigte dir den Weg zu diesem Ort?

HAMLET Die Liebe – sie war Steuer mir und Segel. Sie lieh mir Rat, ich lieh ihr meine Augen.

JULIA Du weißt, die Nacht verschleiert mein Gesicht, sonst färbte Schamesröte meine Wangen um das, was du mich vorhin sagen hörtest. Ich wüßte gern von dir ... doch nein! mein Herz, es springt mir aus der Brust, als wär's ein Vogel. Sag, liebst du mich? Ich weiß, du wirst's bejahn, ich will dir glauben. Aber wenn du schwörst, so kannst du treulos werden; wie sie sagen, lacht Jupiter des Meineids der Verliebten. O Hamlet, Hamlet! sag, wenn du mich liebst, sag's ohne Falsch! Doch dächtest du, ich sei zu schnell besiegt, so will ich Nein dir sagen. Halt mich für launisch oder schlecht – ich kann einfach nicht anders, ich muß wissen, muß über unsre Liebe alles wissen. Nein, ich bin nicht launisch. Drum vergib.

HAMLET Ich schwöre bei dem Mond, der silbern dieser Bäume Wipfel säumt, den Garten, die verschiednen Bauten hier, und deinen Kopf. Den schönen Kopf der Julia.

JULIA O schwöre nicht beim Mond, dem wandelbaren, der immerfort in seiner Scheibe wechselt. Damit nicht wandelbar dein Lieben sei.

HAMLET Wobei denn soll ich schwören?

JULIA Laß es ganz. Doch willst du, schwör bei deinem edlen Selbst, bei dir. Beim Götterbilde meiner Anbetung. So will ich immer glauben.

HAMLET Ich bin bereit, wenn denn mein Herz . . .

JULIA Nein, schwöre nicht! Ich habe Angst vor Schwüren. Obwohl ich dein mich freue, freu ich mich nicht des Bundes dieser Nacht. Er ist zu rasch, zu unbedacht, zu plötzlich . . . gleicht allzu sehr dem Blitz, der nicht mehr ist, noch eh man sagen kann: es blitzt. – Des Sommers warmer Hauch kann diese Knospe der Liebe wohl zur schönern Blum' entfalten, bis wir das nächste Mal uns wiedersehn, mein Hamlet. Nun gute Nacht! So süße Ruh' und Frieden, als mir im Busen wohnt, sei dir beschieden!

HAMLET Was, du verlässest mich so unbefriedigt?

JULIA Was für Befriedigung begehrst du noch!

HAMLET Gib deinen treuen Liebesschwur für meinen.

JULIA Ich gab ihn dir, eh du darum gefleht; und doch, ich wollt' er stünde noch zu geben.

HAMLET Du willst ihn mir entziehen? Wozu das, Liebe?

JULIA Um unverstellt ihn dir zurückzugeben. Allein ich wünsche, was ich habe, nur. So grenzenlos ist meine Liebe, wie das Meer. Und tief. Noch tiefer . . . je mehr ich gebe, je mehr auch hab ich: beides ist unendlich.

HAMLET Du willst schon gehn? Noch streift des Tages Licht dein schönes Haar nicht. Geh nicht, bleibe bei mir.

JULIA Drei Worte, Hamlet, und dann gute Nacht, ja, gute Nacht. Wenn deine Liebe tugendsam gesinnt Vermählung wünscht, so laß mich morgen wissen durch jemand, den ich zu dir senden will, wo du und wann die Trauung willst vollziehen. Wo und wann. Dann leg' ich dir mein ganzes Glück zu Füßen und folge durch die Welt dir als Gebieter. Doch meinst du es nicht gut, beleidigst mich, so bitt' ich dich, sag es mir ehrlich. Dann werde ich mich quälen, quälen. Dann laß mich meinem Gram.

HAMLET Mein Engel, meiner Seele Heil . . .

JULIA Um welche Stunde soll ich morgen schicken?

HAMLET Ich geb' noch heute Antwort, bin bereit, noch heute alles zu vollziehn, nur wo die Trauung sein kann, das ist das Problem. Ich sag dir alles morgen, morgen, Liebste.

JULIA Es tagt beinah, ich wollte nun, du gingst; doch weiter nicht, als wie ein tändelnd Mädchen ihr Vögelchen der Hand entschlüpfen läßt, wie seine Puppe, obwohl du besser als ein Vogel bist, du bist kein Vogel. Doch wollt' ich dich nicht fliegen lassen, und deshalb wollte ich, du wärst aus Holz ein Vogel an meinem seidnen Faden.

HAMLET Ich wollt', ich wäre so ein Vogel.

JULIA Ach wärst du's, Lieber! Doch hegt' und pflegt' ich dich gewiß zu Tod. Vergib, vergib mir alles. Vergebung in der Trennung Stunde birgt so viele süße Qual. Nun gute Nacht! So süß ist's Trennungswehe, ich rief' wohl Gute Nacht, bis ich den Morgen sähe.

HAMLET Schlaf wohl' auf deinem Auge, Friede in der Brust! O wär' ich Fried' und Schlaf und ruht in solcher Lust! Ich liebe dich wie niemand auf der Welt.

JULIA Erwarte meinen Boten und denk an deine Julia. *Sie geht ab.*

HAMLET Mein Leben war ein einz'ges Warten nur auf dich. So kann ich auch bis morgen warten, ich habe schon so lang gewartet. Beinah siebzehn Jahre. Das ist lange. Lebe wohl, du meine Heilige. Der Friede sei mit dir.

Hamlet geht durch den Garten zur Gartenmauer. In einer entlegenen Ecke des Gartens erscheinen, in schwachem violetten Licht zwei weißgekleidete Pfleger mit der weißen Bahre, auf der der schwarze Wurm liegt.

HAMLET Engel und Boten Gottes, steht uns bei! Sei du ein Geist des Segens, sei ein Kobold, bringt Himmelslüfte oder Dampf der Hölle, sei dein Beginnen boshaft oder liebreich – ich rede doch mit dir, ich nenn dich, Hamlet, Gebieter aller Dänen, ob gib Antwort! Laß mich in Blindheit nicht vergehn! nein, sag: warum dein fromm' Gebein, verwahrt im Tode, die Leinen hat gesprengt? Warum? Was bedeutet's, daß du hier stehst. Stehst hier und sagst nichts? Was ist dies? Sag? Warum?

ERSTER PFLEGER Er ist deines Vaters Geist.

ZWEITER PFLEGER Verdammt, auf eine Zeitlang nachts zu wandern.

ERSTER PFLEGER Und tags gebannt, zu fasten in der Glut.

ZWEITER PFLEGER Bis die Verbrechen seiner Zeitlichkeit.

ERSTER PFLEGER Hinweggeläutert sind.

ZWEITER PFLEGER Wär's ihm nicht untersagt, das Innre seines Kerkers zu enthüllen.

ERSTER PFLEGER So höb' er eine Kunde an.

ZWEITER PFLEGER Von der das kleinste Wort die Seele dir zermalmte.

ERSTER PFLEGER Die Augen aus den Höhlen schießen machte.

ZWEITER PFLEGER Und jedes einzle Haar emporstehn ließe, wie dein Schwert.

ERSTER PFLEGER Doch das Geheime bleib geheim.

ZWEITER PFLEGER Du hör das Offenbare. Horch! o horch!

ERSTER PFLEGER Wenn du je deinen teuren Vater liebtest.

ZWEITER PFLEGER Räch' seinen schnöden, unerhörten Mord.

HAMLET Mord?

ERSTER PFLEGER Ja, schnöder Mord, wie er aufs beste ist.

ZWEITER PFLEGER Doch dieser unerhört und unnatürlich.

HAMLET Eil', ihn zu melden; daß ich auf Schwingen, rasch wie Andacht und des Liebenden Gedanken, zur Rache stürmen mag.

ERSTER PFLEGER Es heißt, er starb in seinem Garten.

ZWEITER PFLEGER Gestochen von einer Schlange.

ERSTER PFLEGER So wird das Ohr des Reiches Dänemark schmählich getäuscht.

ZWEITER PFLEGER Durch den erlognen Hergang seines Todes.

ERSTER PFLEGER Doch wisse, edler Jüngling.

ZWEITER PFLEGER Die Schlange, die deines Vaters Leben stach.

ERSTER PFLEGER Trägt seine Krone jetzt.

HAMLET O mein prophetisches Gemüt! Mein Oheim?

ZWEITER PFLEGER Ja, der blutschänderische Ehebrecher.

ERSTER PFLEGER Durch Witzes Zauber, durch Verrätergaben.

ZWEITER PFLEGER Gewann zu schnöder Lust den Willen.

ERSTER PFLEGER Der scheinbar tugendsamen Königin.

ZWEITER PFLEGER Da er im Garten schlief.

ERSTER PFLEGER Beschlich der Oheim mit dem Saft des Bilsenkrauts.

ZWEITER PFLEGER Und träufelt in den Eingang seines Ohres das verfluchte Gift.

ERSTER PFLEGER Das gerinnen macht das leichte, reine Blut.

ZWEITER PFLEGER So ward er schlafend und durch Bruderhand.

ERSTER PFLEGER Um Leben, Krone, Weib mit eins gebracht.

ZWEITER PFLEGER In seiner Sünden Blüte hingerafft.

ERSTER PFLEGER Ohne Nachtmahl, ungebeichtet, ohne Ölung.

ZWEITER PFLEGER Hast du Natur in dir, so leid es nicht.

ERSTER PFLEGER Laß Dänemarks königliches Bett.

ZWEITER PFLEGER Kein Lager sein für Blutschand und verruchte Wollust.

ERSTER PFLEGER Räch deinen armen Vater.

Die Pfleger tragen den Wurm hinaus.

HAMLET O Heer des Himmels! Erde! – Was noch sonst? Nenn' ich die Hölle mit? – O pfui! Halt, halt, mein Herz! Ihr meine Sehnen, altert nicht sogleich; tragt fest mich aufrecht! – Dein gedenken? Ja, von der Tafel der Erinnrung will ich weglöschen alle Sprüche, alle Bilder, die Spuren des Vergangnen, welche da die Jugend einschrieb und Beobachtung; und dein Gebot soll leben ganz allein im Buche meines Hirnes, unvermischt mit minder würd'gen Dingen. – Ja, beim Himmel! Nur das Vermächtnis meines Vaters. Von Bruderhand getötet. O Schurke! lächelnder, verdammer Schurke! O höchst verderblich Weib! Da steht Ihr, Oheim! Mutter. Jetzt zu meiner Losung. Sie heißt: »Ade, ade! gedenke mein!«

Er klettert über die Mauer und steht in der Straße von Verona. Die ganze Straße liegt voller weißer Pflaster in verschiedener Größe. Horatio krümmt sich am Boden.

HAMLET *läuft auf ihn zu* Horatio! Horatio! Wach auf! Wir müssen heute alle wach sein! Neue Zeiten!

HORATIO Ich bin verwundet, schwer verwundet. Es tut weh.

HAMLET Ich hab etwas gehört, das seltsam ist und wenig angenehm zu sagen. Ich versteh es nicht so ganz. Ab jetzt, ab heute, Freund Horatio, steht hier in meinem Kopf geschrieben: »Ade, ade! gedenke mein!«

HORATIO Ich bin verwundet, es tut weh. Ich habe Schmerzen. Ich verstehe nicht, warum im Leben alles widerwärtig ist, so wenig sicher. Ich hab ein wenig Angst.

HAMLET Ich habe auch vor etwas Angst. Aber ich wollte dir erzählen, daß ich etwas gesehen habe, was mein Haar verwandeln könnte in ein Schwert. Es würde aufrecht stehn, so steif und stramm, daß mans von einem Schwert nicht unterscheiden könnte.

HORATIO Mich hat man auch mit einem Schwert geschlagen, Euretwegen. Und es tut weh. Sprecht nicht von Schwertern.

HAMLET *richtet Horatio auf, hilft ihm beim Gehen* Gehn wir, gehn wir, ich will einfach sagen, daß ich so Manches nicht verstehe.

HORATIO Es gibt mehr Ding im Himmel und auf Erden, als Eure Schulweisheit sich träumt, Freund Hamlet. Die Menschen wissen wenig über die Natur, und über Wunden. Wenn sie genug darüber wüßten, würden sie bei weitem länger leben. Den Organismus kann man verjüngen. Wunden bereiten Schmerzen, Unwohlsein. Gefühle, die nicht angenehm. Mir ist nicht wohl, ich habe Schmerzen.

HAMLET Du denkst nur an deine Wunde, ich an etwas anderes. Daran, daß ich mich konzentriere darauf, daß ich auf alles reagieren muß. Das heißt, ich muß so handeln wie ich soll. Es soll sich alles ändern. Ich will, daß alles sich verändert, daß alles anders wird. Denn es ist alles faul bei uns im Staate Dänemark. Alles fault, verwest.

Sie gehen durch eine Art Nische und befinden sich in einem großen weißen Raum, dessen Inneres von sieben riesigen weißen Gegenständen eingenommen wird: Einweckglas, Pflaster, Pfropfen, Geradehalter, Mundschutz, Lidstützen und Halskrause. Alles ist hell erleuchtet. Horatio legt sich auf den Boden, liegt still.

HAMLET Sein oder Nichtsein – sind zwei Fragen. Was ist besser für den Menschen, für den normalen Menschen – einverstanden sein und alles tun, wie es verlangt wird, oder nicht mit allem einverstanden sein und nicht tun, wies verlangt wird? Im Stillen handeln und nicht hinschaun, nur ein bißchen weinen, fertig, oder alles laut tun, so, daß es alle sehn und sagen: er lebt laut, im weiten Umkreis hörbar? Nichts besonders wollen? Einfach schlafen. Träume haben? Aber was für Träume? Alle möglichen? Ich habe Angst vor Träumen. Plötzlich träumt man etwas Schlechtes . . .

HORATIO *stöhnt* Ooooh . . . mir tut alles weh. Alles ist widerwärtig, alles schlecht. Das Leben ist schon schwer genug. Mit Euch ist es noch schwerer.

HAMLET Ja. Alles, was man denken mag, ist schwer verständlich. Damals, als du klein warst – alles gut, die Eltern lieben dich, und alles ist in der gewohnten Ordnung. Doch später dann – als hätte es die Eltern nie gegeben. Wie in einem Internat, wie im Gefängnis. Nur, im Gefängnis ist es schlimmer. Besser, man sieht es nie von innen.

Auftritt Julia.

JULIA Mein Prinz, wie geht es Euch nach so viel Tagen?

HAMLET Normal. Das heißt, es ging mir gut, doch heute bin ich mir nicht sicher. Nicht ganz bei mir, aber – im ganzen gut.

JULIA Ich hab von Euch noch Angedenken, die Ihr mir einst geschenkt.

HAMLET Ich? Nein. Ihr scheint mich zu verwechseln. Ich habe niemandem etwas geschenkt.

JULIA Geschenkt habt Ihr sie mir, o doch.

HAMLET Ich schenkt Euch nie etwas.

JULIA O doch, geschenkt habt Ihr mir viele Worte. Anträge. Und sie begehrte ich zurückzugeben.

HAMLET Ich weiß nicht.

HORATIO Der Schmerz kommt immer dann, wenn du nicht drauf gefaßt bist . . .

JULIA Ich gebe alles Euch zurück. Die Anträge und Worte. Wenn man ein tugendhaftes Mädchen betrügt, dann sagen andere, na ja, so alles mögliche. Dann ist das ehrlos.

HAMLET Haha. Seid Ihr tugendhaft?

JULIA Ich bin tugendhaft.

HORATIO Beide seid Ihr tugendhaft. Trotzdem tut mir alles weh.

Auftritt der nackten Amme, mit einem Laib Roggenbrot.

AMME *setzt sich auf den Boden, lacht* Mamanja war ein Stück weißes Eisen. Ha! Oh, aber ich bin auch nicht ungeschickt! Wenn ich mir anschau – alle fahren, fahren! Fahren und fahren, wie die Bekloppten. Oh! So also leben wir. Und doch anders als die andern. Wie Ziegelsteinchen! O-ha-ha! Meine verschwitzte Mamanja! *Bricht den Laib auf und ißt.*

JULIA Tugendhafte Mädchen schaut man nicht mehr

an, wenn man sie mit Sägen, Schleifsteinen und Schrauben berührt und dann betrügt.

HAMLET Das wissen Sie genau?

HORATIO *stöhnt* Fünf, fünfmal und eine Wunde. Und Schmerzen und Säulen.

AMME Mamanja hat in einen Sack entbunden, und Papa fuhr nach Moskau, die Hauptstadt unsrer Heimat, und hat dort alle Stummelchen beschnuppert, alle Krümel in den Einkaufstaschen. Und Täschchen. Huhu, Mama, Mamanja, mein verschwitztes Hühnchen.

JULIA Ich wollte es Ihnen schon immer sagen . . . wissen Sie, ich habe nämlich schöne Beine.

HORATIO Der Glaube an die Gruften ist unsere Wunde. Kaum war ich verwundet, habe ich ihn gezeigt.

HAMLET *zerrt sich das Kostüm vom Leib* Ich habe viele gesehen. Aber die Menschen, wie soll ich sagen, die Menschen verstehen es trotzdem nicht ganz. Sie verstehen Käfer.

JULIA *hebt das Kleid hoch und zeigt ihre Beine* Sehen Sie!

HAMLET Es stimmt einfach insoweit, es stimmt und ist irgendwie . . . sicher.

AMME Zeig dem Mütterchen das Spänchen! Zeig das Nabelchen dem Hähnchen!

Auftritt König und Königin in zerrissenen Kleidern, mit Kratzern und blauen Flecken im Gesicht. Ihnen folgt Tybalt, eine Metallkugel in Händen.

TYBALT *wirft die Kugel zu Boden, schreit* Später! Später! Meine Väter! Später! Meine Mütter! Geliebte Zweige! Reisig! Ruin! Mein Ruin!

König und Königin urinieren stehend auf den Boden.

HAMLET Nein, nein. Nur fort – und schlafen, schlafen.

Er läuft hinaus und findet sich in genau dem gleichen Raum wieder, nur von geringeren Dimensionen.

HAMLET Sein oder Nichtsein – sind zwei Fragen. Was ist besser für den Menschen, für den normalen Menschen – einverstanden sein und alles tun, wie es verlangt wird, oder nicht mit allem einverstanden sein und nicht tun, wies verlangt wird?

HORATIO *kommt hereingekrochen und bleibt stöhnend auf dem Boden liegen* Oooh . . . mir tut alles weh. Alles ist widerwärtig, alles schlecht.

HAMLET Ja. Alles, was man denken mag, ist schwer verständlich. Damals, als du klein warst – alles gut, die Eltern lieben dich, und alles ist in der gewohnten Ordnung.

Auftritt Julia.

JULIA Mein Prinz, wie geht es Euch nach so viel Tagen?

HAMLET Normal.

JULIA Ich hab von Euch noch Angedenken.

HAMLET Ich? nein!

JULIA Geschenkt habt Ihr sie mir.

HAMLET Ich schenkt Euch nie etwas.

JULIA O doch, geschenkt.

HAMLET Ich weiß nicht.

HORATIO Der Schmerz kommt immer dann . . .

JULIA Ich gebe alles Euch zurück.
HAMLET Ihr seid ein tugendhaftes Mädchen.
JULIA Ich bin tugendhaft.
HORATIO Beide seid Ihr tugendhaft.

Auftritt der nackten Amme, mit einem Laib Roggenbrot.

AMME *setzt sich auf den Boden, lacht* Mamanja war ein Stück weißes Eisen.
JULIA Tugendhafte Mädchen schaut man nicht mehr an, wenn man sie mit Sägen berührt.
HAMLET Das wissen Sie genau?
HORATIO *stöhnt* Fünf, fünfmal und eine Wunde.
AMME Mamanja hat in einen Sack entbunden.
JULIA Ich wollte es Ihnen schon immer sagen.
HORATIO Der Glaube an die Gruften ist unsere Wunde.
HAMLET *reißt sich das Kostüm vom Leib* Ich habe viele gesehen.
JULIA *hebt das Kleid hoch und zeigt ihre Beine* Sehen Sie!
HAMLET Das stimmt einfach insoweit.
AMME Zeig dem Mütterchen das Spänchen!

Auftritt König und Königin in zerrissenen Kleidern, mit Kratzern und blauen Flecken im Gesicht. Ihnen folgt Tybalt, eine Metallkugel in Händen.

TYBALT *wirft die Kugel zu Boden, schreit* Später! Später! Meine Väter!

König und Königin urinieren stehend auf den Boden.

HAMLET Nein, nein. Nur fort – und schlafen, schlafen.

Er läuft hinaus und findet sich in genau dem gleichen Raum wieder, nur von kleineren Dimensionen.

HAMLET Sein oder Nichtsein – sind zwei Fragen.
HORATIO *kommt hereingekrochen und bleibt stöhnend auf dem Boden liegen* Ooooh . . . mir tut alles weh.
HAMLET Ja. Alles, was man denken mag . . .

Auftritt Julia.

JULIA Mein Prinz, wie geht es Euch?
HAMLET Normal.
JULIA Ich habe.
HAMLET Ich?
JULIA Geschenkt.
HAMLET Ich weiß nicht.
HORATIO Der Schmerz.
JULIA Ich gebe alles zurück.
HAMLET Ihr seid ein.
JULIA Ich bin tugendhaft.
HORATIO Beide seid Ihr tugendhaft.

Auftritt der nackten Amme, mit einem Laib Roggenbrot.

AMME *setzt sich auf den Boden, lacht* Mamanja.
JULIA Tugendhafte Mädchen.
HAMLET Das wissen Sie?
HORATIO *stöhnt* fünf, fünfmal.
AMME Mamanja hat entbunden.

JULIA Ich wollte immer schon.
HORATIO Glaube an die Gruften.
HAMLET *zerrt sich das Kostüm vom Leib* Ich habe viele gesehen.
JULIA *hebt ihr Kleid hoch und zeigt ihre Beine* Sehen Sie!
HAMLET Das stimmt einfach.
AMME Zeig das Spänchen.

Auftritt König und Königin in zerrissenen Kleidern, mit Kratzern und blauen Flecken im Gesicht. Ihnen folgt Tybalt, eine Metallkugel in Händen.

TYBALT *wirft die Kugel zu Boden, schreit* Später! Später!

König und Königin urinieren stehend auf den Boden.

HAMLET Nein, nein.

Er läuft hinaus und findet sich in genau dem gleichen Raum wieder, nur von geringeren Dimensionen.

HAMLET Sein oder Nichtsein.
HORATIO *kommt hereingekrochen und bleibt stöhnend auf dem Boden liegen* Oooh . . .
HAMLET Ja.

Auftritt Julia.

JULIA Mein Prinz.
HAMLET Normal.
JULIA Ich habe.
HAMLET Ich?

JULIA Geschenkt.
HAMLET Ich weiß nicht.
HORATIO Der Schmerz.
JULIA Ich gebe alles.
HAMLET Ihr.
JULIA Ich.
HORATIO Beide.

Auftritt der nackten Amme, mit einem Laib Roggenbrot.

AMME *setzt sich auf den Boden, lacht* Mamanja.
JULIA Tugendhafte.
HAMLET Das?
HORATIO *stöhnt* Fünf.
AMME Mamanja.
JULIA Ich wollte.
HORATIO Glauben.
HAMLET *zerrt sich das Kostüm vom Leib* Ich habe viele gesehen.
JULIA *hebt das Kleid hoch und zeigt ihre Beine* Sehen Sie!
HAMLET Das.
AMME Zeig.

Auftritt König und Königin in zerrissenen Kleidern, mit Kratzern und blauen Flecken im Gesicht. Ihnen folgt Tybalt, eine Metallkugel in Händen.

TYBALT *wirft die Kugel zu Boden, schreit* Später!

König und Königin urinieren stehend auf den Boden.

HAMLET Nein.

Er läuft hinaus und findet sich in genau dem gleichen Raum wieder, nur von geringeren Dimensionen.

HAMLET Sein.
HORATIO *kommt hereingekrochen und bleibt stöhnend auf dem Boden liegen* Oooh . . .
HAMLET Ja.

Auftritt Julia.

JULIA Mein.
HAMLET Normal.
JULIA Ich hab.
HAMLET Ich?
JULIA Geschenkt.
HAMLET Ich.
HORATIO Schmerz.
JULIA Ich.
HAMLET Ihr.
JULIA Ich.
HORATIO Ihr.

Auftritt der nackten Amme, mit einem Laib Roggenbrot.

AMME *setzt sich auf den Boden, lacht* Mamanja.
JULIA Tugendhafte.
HAMLET Das?
HORATIO *stöhnt* Fünf.
AMME Mamanja.
JULIA Ich.
HORATIO Glauben.
HAMLET *zerrt sich das Kostüm vom Leib* Ich.
JULIA *hebt das Kleid hoch und zeigt ihre Beine* Sehen Sie!

HAMLET Das.
AMME Zeig.

Hereindrängen sich König und Königin in zerrissenen Kleidern, mit Kratzern und blauen Flecken im Gesicht. Hinter ihnen zwängt sich unter Mühen Tybalt herein, eine Metallkugel in Händen.

TYBALT *läßt die Kugel fallen, schreit* Später!

König und Königin urinieren stehend auf den Boden.

HAMLET Nein.

Die weißen Gegenstände, die im Raum den meisten Platz einnehmen, beginnen sich zu bewegen und erdrücken, wie Kolben, die zwischen ihnen stehenden Menschen. Diese schreien gräßlich. Alles versinkt im Dunkel.

Eine Zeitlang später erhellt durchsichtig-grünliches Licht die Bühne, auf der sieben hohe und sieben niedrige Hocker stehen. Auf den niedrigen Hockern liegen: Pfropf, Pflaster, Einweckglas, Geradehalter, Mundschutz, Lidstützen, Halskrause. Auf den hohen Hokkern die verstümmelten, blutigen Überreste ihrer ehemaligen Besitzer. Über jedem Körper dampft, rotierend, die holographische Darstellung des entsprechenden Gegenstands in scharf umrissenen Konturen.

STIMME ÜBER LAUTSPRECHER
So etwas Trauriges
wie die Geschicht'
von Julia und Hamlet gibt es nicht.

Das Jubiläum

Auf der Bühne ein grün beschlagenes Rednerpult mit dem silbernen Emblem des ČPK, dahinter eine gigantische weiße Büste Anton Čechovs, mit Blumen geschmückt, in der rechten Ecke des Hintergrundvorhangs in vergoldeten Ziffern die Zahl 10, darüber, auf blauem Untergrund, die Losung: »Am Menschen muß alles schön sein. A. P. Čechov«. An das Rednerpult tritt der Direktor des ČKP, ein Mann mittleren Alters, dunkelblauer Anzug, eine Mappe in der Hand.

DIREKTOR Freunde! Unser Kollektiv, das Čechov-Protein-Kombinat, das den ehrenvollen Namen A. D. Sacharovs trägt, begeht heute feierlich sein zehnjähriges Bestehen. Ich weiß nicht, wie es euch geht, aber mir ist bei dem Gedanken ein bißchen mulmig. *Gelächter und Applaus im Saal.* Im Ernst, Freunde, hatte ich doch hier in dieser Hand sieben, ich wiederhole: sieben! Beschlüsse unserer geliebten PK-Hauptverwaltung, unser Kombinat zu schließen. Und der erste dieser Beschlüsse erfolgte bereits zwei Monate nach unserem Start, sozusagen, nachdem wir das Land mit unserer ersten Produktion beliefert hatten. Und jetzt sind es schon zehn Jahre! Ich denke, damit haben wir das Recht, ins Rote Buch und das Guinessbuch der Rekorde einzugehen! *Gelächter und stürmischer Applaus.* Freunde! Ich möchte an diesem unserem Festtag nicht dastehen wie irgendein vorsintflutlicher Dinosaurier von Demagoge, mit einem dickleibigen Grundsatzvortrag unter dem Arm, ihr versteht. Die Zeit der gewichtigen Vorträge, der Paradestimmung und aufgeblähten Partei-Autoritäten ist unwiderruflich vorbei. Die kommunistischen Abenteurer, die Rußland an den Rand des Abgrunds geführt haben, haben ihren verdienten Lohn erhalten. Solch abartige Erscheinungen in der Produktion wie Planwirtschaft und Gängelung durch die Behörden sind aus unserem Kollektiv seit langem verschwunden. Wir leben nun schon seit zehn Jahren wie eine einige große Arbeitsfamilie, in der der eine für alle steht, und alle für einen. Ihr alle seid über den Gang unserer Geschäfte im Bilde, ihr wißt alles. Dennoch möchte ich am heutigen Tage erinnern an den Anfang unseres gemeinsamen Weges. Damals, in den schweren Jahren des Zusammenbruches des kommunistischen Systems, faßte das Russische Parlament den verantwortungsvollen Beschluß, 4 Milliarden Rubel für das Allrussische kulturökologische Programm »Wiedergeburt« bereitzustellen, und es faßte diesen weisen Beschluß eingedenk des biblischen Gebotes: »Der Mensch lebt nicht vom Brot allein.« Die russische Kultur, ausgeblutet und verwahrlost durch siebzig Jahre kommunistischer Herrschaft, verspürt das dringende Bedürfnis nach klassischem Protein, wie Akademiemitglied Professor Michajlovskij, in Ergänzung der Lehre Vernadskijs und Fëdorovs, überzeugend nachgewiesen hat. Innerhalb von nur drei Jahren wurden, dank der aufopferungsvollen Arbeit von Baufachleuten und Freiwilligen aus Moskau, Sankt Petersburg, Tula, Kiev und Novosibirsk, die Klassprotein-Kombinate zur Verarbeitung der A. S. Puškins, M. Ju. Lermontovs, I. S. Turgenevs, N. V. Gogols, L. N. Tolstojs, F. M. Dostoevskijs und A. P. Čechovs errichtet. An dem denkwürdigen Tag, dem 12. Dezember, in Betrieb genommen, produzierten diese Unternehmen innerhalb eines Vierteljahres für die vaterländische Kultur mehr als 180 Tonnen hochwertiger Klassprotein-Masse, und so ist es mir heute eine besondere Freude, euch daran zu erinnern, daß der Anteil unseres Kombinats an der Gesamtproduktion annähernd 40 Tonnen betrug, wir hatten damals 917 A. P. Čechovs im Alter von 8 bis 82 Jahren verarbeitet. Und das nicht etwa auf »Befehl von oben« und nicht auf Weisung irgendeiner mächtigen Hand, wie sie unwidersprochen die »Weisen« aus der ChDP verkünden, sondern allein dank der ehrlichen, qualifizierten Arbeit unserer Arbeiter und Ingenieure, die sich der beklagenswerten Lage der vaterländischen Kultur bewußt waren. Fassen wir die Ergebnisse unserer zehnjährigen Arbeit zusammen, so können wir voller Stolz sagen: das Kollektiv des Čechov-Protein-Kombinats A. D. Sacharov hat das Vertrauen des Volkes gerechtfertigt, das Vertrauen der russischen Kultur, zu deren Wiederherstellung wir einen wichtigen Beitrag geleistet haben und leisten. Und der wiegt schwerer als all die verantwortungslosen Reden der Demagogen der ChDP und SDP, die unsere Arbeit und das Programm »Wiedergeburt« als Ganzes in Zweifel ziehen! *Stürmischer Applaus.* In den zehn Jahren unseres Bestehens haben wir 17 612 A. P. Čechovs im Alter von 7 bis 86 Jahren verarbeitet, mit einem Gesamtgewicht von 881 Tonnen. Insgesamt ausgeliefert wurden: 350 Tonnen flüssiges Čechovprotein oder ČP fluid, 118 Tonnen kondensiertes ČP, 78 Tonnen ČP-Pulver, 62 Tonnen ČP-Binden, 25 Tonnen ČP-Spiralen, 17 Tonnen ČP-Manschetten, 10 Tonnen ČP-Hülsen, 10 Tonnen ČP-Zäpfchen, 10 Tonnen ČP-Einlagen, 8 Tonnen ČP-Pflaster, 8 Tonnen ČP-Nadeln, 6,2 Tonnen ČP-Lamellen. Der mittlere Arbeitslohn im Kombinat ist während der zehn Jahre auf 160% gestiegen. Die Aktien unserer Aktiengesellschaft liegen jetzt bei fast 200 Punkten. Ich hoffe, das wird nicht die Grenze sein. *Applaus.* Der Wohlstand unserer Familien liegt in unseren Händen. *Applaus.* Wir alle haben bei unserer Arbeit einen Ansporn, und der liegt nicht allein in der guten Bezahlung. Das Volk, die Kultur brauchen unsere Produktion dringend, wofür die Zahl der Aufträge an Kondens-ČP, an ČP-Binden und ČP-Zäpfchen spricht. Und sie, Freunde, übertrifft die Jahresproduktion um das Dreifache! Das Dreifache! Diese Bestellisten sind eine klare Antwort an die Phrasendrescher von ChDP und SDP, die das Programm »Wiedergeburt« in aller Öffentlichkeit »unrentabel« nennen. Kommt doch zu uns, ihr Herren, werft einen Blick in den Safe von Nikolaj Nikolaevič Pozdnjakov! Bittesehr! Besonders herzlich einladen möchte ich den hochverehrten German Vladimirovič Gorn! *Stürmischer Applaus.* Freunde! Es ist mir heute eine besondere Freude, die Besten unter uns beim Namen zu nennen, deren hochprofessioneller Arbeit unser Unternehmen den Zuwachs an Autorität bei all denen verdankt, denen das Schicksal der vaterländischen Kultur nicht gleichgültig ist. Auf Beschluß des Vorstandes der Aktiengesellschaft »Čechov« werden mit Kreditanteilscheinen im Nennwert von 1000 Rubel ausgezeichnet: Chefingenieur Viktor Ivanovič Cholodov, Cheftechnikerin Tamara Šalovna Macharadze, Chefökonom Veniamin Borisovič Berman, Chefmechaniker Jurij Ivanovič Tepljakov, Chefin der Expertiseabteilung Lidija Andreevna Bogorodskaja, Chef der Abteilung Materialbeschaffung Semën Izrailevič Levin, Chef der Kaderabteilung Vladimir Vladimirovič Ermolaenko, Chefin der Abteilung Ökologie Irina Igorjevna Titova, der Vorsitzende des Gewerkschaftskomitees Evgenij Sergeevič Borodin, die Chefs der Werkhallen: Leonid Michajlovič Prjachin, Aleksandr Michajlovič Bojko, Dimitrij Sergeevič Kremeneckij, Ašot Rafikovič Arutjunjan, die Brigaden: Jurij Konstantinovič Devjatko, Nikolaj Nikolaevič Bodrov, Konstantin Alekseevič Žuk und Marija Vasiljevna Zacharova. *Applaus.* Herzlichen Glückwunsch, Freunde! *Stürmischer Applaus.* Doch jetzt habe ich für euch eine Überraschung, auch wenn ihr gestern alles gesehen habt und im Bilde seid. Zu unserem Jubiläum zu Besuch gekommen sind unsere alten Freude – die Schauspieler des Dramatischen Theaters Kaluga mit dem Regisseur Leonid Pavlovič Boldyrev an der Spitze. Und heute, gleich im Anschluß, werden sie hier auf unserer Bühne auftreten, unter Verwendung unserer soeben fertiggestellten Produktion. *Applaus.* Für uns ist dieser Auftritt nicht nur ein wunderschönes Geschenk zum Jubiläum unseres Kombinats, sondern auch ein gewichtiges Wort der Unterstützung des Allrussischen kulturökologischen Programms »Wiedergeburt«! *Applaus.* Und noch eine Überraschung. Vor Beginn der Vorstellung wird ein Film vorgeführt, der gestern in unseren Produktionsanlagen aufgenommen wurde. Dieser einzigartige Film, auf unsere Bitte von den Freunden im »Mosfilm« gedreht, zeigt den Prozeß der Gewinnung von ČP-Protein unmittelbar auf Bestellung des Dramatischen Theaters Kaluga sowie seine Nutzung durch das Ensemble bei der Vorbereitung der Inszenierung. Das Direktorium unseres Kombinats hat beschlossen, eine Kopie des Films an die Kommission für kulturelle Angelegenheiten unseres Parlamentes zu senden. *Applaus.* Die Vorstellung beginnt unmittelbar nach dem Ende des Films. *Applaus.*

Der Direktor verläßt das Rednerpult und geht ab. Für einige Minuten fällt der Vorhang, geht dann wieder auf und gibt den Blick auf eine große Leinwand frei. Das Licht im Saal erlischt, auf der Leinwand erscheint das Eingangstor des Kombinats mit dem Emblem ČPK. Unter dem Bild Musik von S. V. Rachmaninov. Das Tor wird geöffnet, die Schauspieler gehen durchs Tor, wo sie sofort von der Administration des Kombinats begrüßt werden.

SPRECHER Am Tage vor dem zehnjährigen Jubiläum des Čechov-Protein-Kombinat A. D. Sacharov statteten den Arbeitern des Kombinats die Schauspieler des Dramatischen Theaters Kaluga mit dem ersten Regisseur L. P. Boldyrev an der Spitze einen Besuch ab. Die Freundschaft beider Kollektive hat für die vaterländische Kultur gute Früchte getragen: aufgrund der Produktion des Kombinats wurden insgesamt 218 Vorstellungen gespielt, das Dramatische Theater der Stadt Kaluga errang Weltruhm, das Echo bei den Zuschauern wie bei den Kritikern war einhellig: ein wunderbares Theater, wunderbare Schauspieler, ein wunderbarer Regisseur.

Schauspieler und Kombinatsleitung gehen, im lebhaften Gespräch, durch die Haupthalle des Werks.

SPRECHER Moskau und Petersberg, London und Prag, Paris und New York spendeten den Kalugaern Beifall. »Das Theater Kaluga hat uns einen Čechov gezeigt, wie wir ihn noch nie gesehen haben!« – schrieb begeistert »Le Monde«, Paris. »Unseren Erfolg verdanken wir dem Čechovprotein-Kombinat A. D. Sacharov, das uns seit nunmehr sechs Jahren mit seiner hochwertigen Produktion versorgt«, – erklärte Leonid Pavlovič Boldyrev in einem Interview der »Frankfurter Allgemeinen«.

Die Schauspieler im Gespräch mit Arbeitern am Hauptfließband.

SPRECHER Was die Schauspieler und die Arbeiter vereint, ist das Problem der Gesundung, der Hebung der russischen Kultur, die Tilgung der Folgen der Deformierung des kulturellen Bewußtseins des Volkes, die Suche nach einer neuen Kunst. Die Kalugaer haben den Arbeitern ihr neues Theaterstück mitgebracht, zu dessen Vorbereitung die Produktion der Arbeiter dringend gebraucht wird, die ihrerseits hier, vor Augen der Schauspieler, stattfinden wird.

Schauspieler und Kombinatsleitung gehen bis an den Anfang des Fließbands, in die Schlacht- und Zerlegungshalle.

SPRECHER Die Schlacht- und Zerlegungshalle, Beginn des komplizierten technologischen Prozesses der Gewinnung des Čechovproteins. Das Schlachten, Hautabziehen und Zerlegen von acht Anton Čechovs im Alter von 9, 12, 16, 23, 35, 37, 43 und 72 Jahren liegt in Händen der Brigade Jurij Konstantinovič Devjatko. Die Schlachtung erfolgt auf elektrischem Wege, die Zerlegung mit Hilfe von Elektrosägen neuester Konstruktion.

Auf der Leinwand acht, an den Beinen aufgehängte nackte Körper mit gefesselten Armen über acht Bottichen. Die Mitglieder der Brigade in braunen Overalls töten die Čechovs mit Elektroschußapparaten, ziehen die Haut ab, fangen das Blut auf, nehmen sie aus, zerlegen sie mit Elektrosägen und legen die Teile auf das Fließband. Im weiteren entspricht im Film alles der vom Sprecher kommentierten Technologie des ČPK.

SPRECHER Über Fließband gelangen die Čechov-Teile in die Halle der Ersten Bearbeitung. Hier am Werk sind die Brigaden Nikolaj Nikolaevič Bodrov und Marija Vasiljevna Zacharova. Nach sorgfältiger Reinigung werden die Teile in Autoklaven versenkt. Trennung der Knochen vom Fleisch. Die Halle der Knochenverarbeitung. Die Brigade Jurij Petrovič Geleskul. Evaporation des Fetts aus den Knochen. Verarbeitung zu Knochenmehl. Die Halle der Zerkleinerung der Massen und der Separierung. Die Hauptzerkleinerungsmaschine. Die Brigade Konstantin Aleksandrovič Žuk. Versenkung der Masse in den Separator. Von hier gelangt das Čechovprotein-Gel in die Halle der Sterilisation und Pasteurisierung. Die Brigaden Andrej Viktorovič Volkov und Anna Iosifovna Gluzman. Die Gewinnung von ČP fluid, dem flüssigen Čechovprotein. Gewinnung von ČP-Pulver. Die ČP-Produktionshalle ist die größte des Werks. Hier sind 117 Menschen beschäftigt. Die Einrichterbrigade der Betriebsanlagen unter Michail Semënovič Šor. Die Produktion von ČP-Binden und ČP-Pflaster. Die Produktion von ČP-Spiralen und ČP-Manschetten. Der Automat zur Herstellung von ČP-Hülsen, ČP-Zäpfchen, ČP-Einlagen und ČP-Halbkugeln. Die Produktion von ČP-Nadeln und ČP-Lamellen. Über Fließband gelangt die fertige Produktion in die Verpackungshalle. Die Packbrigade Lidija Ivanovna Toporova. Die Container mit der verpackten ČP-Produktion sind versandfertig. Diesmal wird die fertige ČP-Produktion von den Kalugaer Schauspielkünstlern zur Vorbereitung ihrer Vorstellung verwendet. Der komplizierte, viele Stunden währende Vorbereitungsprozeß wird, so wurde beschlossen, im Pausen- und Erholungsraum des Kombinats stattfinden. Die Vorbereitung der Schauspielerin Burakovskaja – sie wird die Rolle der Nina Zarečnaja spielen – besteht aus insgesamt 12 Etappen: Einreiben des Körpers der Schauspielerin mit kondensiertem Čechovprotein, Bestreuen der Gelenke mit ČP-Pulver, Wickeln der Gelenke mit ČP-Binden, das Anlegen der ČP-Manschetten an die Handgelenke, das Auflegen von ČP-Pflaster auf den Kopf, Einführen von ČP-Halbkugeln in die Gehörgänge, Einführung von ČP-Einlagen in die Geschlechtsorgane, das Einnähen von ČP-Zäpfchen unter die Haut, das Einnähen von ČP-Hülsen in die Beinmuskulatur, das Einnähen von ČP-Spiralen in die Rückenmuskulatur, das Einfädeln der Nadeln, das Anlegen des Gewandes der Nina Zarečnaja, genäht aus der frisch abgezogenen Haut der Anton Čechovs. Schließlich das Füllen des Gewands mit flüssigem Čechovprotein. Gleichzeitig finden die Vorbereitungen der übrigen Schauspieler statt: des Schauspielers Chochlov, der die Rolle des Ivanov spielt, des Schauspielers Borisov, der die

Rolle des Astrov spielt, der Schauspielerinnen Rebrova, Glikman und Sajuševa, die die Schwestern Prozorov spielen, des Schauspielers Plotnikov, der die Rolle des Onkel Vanja spielt, des Schauspielers Kamenskich, der die Rolle des Firs spielt. Die fertigen Schauspieler begeben sich in den Inkubator, der in der Trocknungshalle eingerichtet worden ist. Die gußeiserne Zone des Inkubators ist von innen mit einer Masse eingerieben, gewonnen aus dem durchgedrehten Mastdarm der Anton Čechovs. Nach 24 Stunden Inkubationszeit treten die Schauspielkünstler vor das Publikum. Das Allrussische kulturökologische Programm »Wiedergeburt« wird der vaterländischen Kultur auch fürderhin gute Früchte bringen.

Applaus. Der Vorhang fällt und geht, nach etwa zehn Minuten, wieder auf. Auf der Bühne: die Terrasse eines Hauses, die auf den in Blüte stehenden Kirschgarten hinausgeht; im Garten eine Schaukel; auf der Terrasse ein zum Abendbrot gedeckter Tisch mit einer brennenden Lampe in der Mitte, Stühle, auf einem der Stühle eine Gitarre. Es wird Abend. Aus dem Hausinneren hört man, wie jemand Klavier spielt. Das gesamte Bühnenbild, eingeschlossen die kleinsten Details (die Äpfel auf dem Tisch, die Blätter usw.), ist gefertigt aus den Innereien der A. P. Čechovs. Ivanov sitzt am Tisch und liest ein Buch. Aus dem Hintergrund des Gartens schleicht sich auf Zehenspitzen Nina Zarečnaja an; wenn sie Ivanov erreicht, klatscht sie laut in die Hände.

IVANOV *schrickt zusammen und springt auf* Um Gottes willen. . . haben Sie mich erschreckt. . . Ich habe sowieso schon schlechte Laune, und jetzt Sie mit Ihren dummen Scherzen. . . *Er setzt sich.*

NINA *aufgeregt* Ich bin nicht zu spät gekommen. . . Natürlich bin ich nicht zu spät gekommen. Den ganzen Tag war ich unruhig, ich hatte solche Angst! Ich fürchtete, mein Vater würde mich nicht weglassen . . . Aber eben ist er mit meiner Stiefmutter weggefahren. Der rote Himmel, der Mond muß bald aufgehen, und ich habe die Pferde gehetzt und gehetzt. *Lacht.* Bin ich froh. *Drückt Ivanov kräftig die Hand.*

IVANOV *liest* Schon gut, nachher. . .

NINA Es ist so. . . Sehen Sie, ich bekomme kaum Luft. In einer halben Stunde fahre ich zurück, wir müssen uns beeilen. Es geht nicht. Es geht. Um Gottes willen, halten Sie mich nicht zurück. Mein Vater weiß nicht, daß ich hier bin.

IVANOV *liest* Ich lese. . . nachher. . .

NINA Vater und seine Frau lassen mich nicht hierher. Sie sagen, hier sei die Bohème. . . Sie haben Angst, ich könnte Schauspielerin werden. . . Und mich zieht es hierher an diesen See wie eine Möwe. . . Mein Herz ist voll von Ihnen. *Schaut sich um.*

IVANOV Seien Sie nicht so aufdringlich!

NINA Ich glaube, da ist jemand. . .

IVANOV Mir tut leid, daß Sie nach Vodka riechen. Das ist widerlich.

NINA Was ist das für ein Baum?

IVANOV Es ist einfach unwahrscheinlich. . . Begreifen Sie doch, das ist der reine Hohn. . .

NINA Wieso ist er so dunkel?

IVANOV Was für 82 Rubel?

NINA Es geht nicht.

IVANOV Ich habe sie nicht.

NINA Es geht nicht, der Wächter würde Sie bemerken. Trésor ist noch nicht an Sie gewöhnt und würde bellen.

STIMME Achtung, Achtung! Zeit für den Schrei in die inneren Organe der Anton Čechovs.

NINA *geht an den Tisch, nimmt das Herz, kniet nieder, schreit in das Herz* Wotrobo! Wotrobo! Wotrobo! Wotrobo!

IVANOV *geht an den Tisch, nimmt die Leber, kniet nieder, schreit in die Leber* Pascho! Pascho! Pascho! Pascho! Pascho!

Nach dem Schrei legen sie Leber und Herz auf den Tisch zurück.

IVANOV Ich weiß es nicht. Ich habe heute kein Geld. Warten Sie bis zum Ersten, wenn ich mein Gehalt bekomme.

NINA Tsss. . .

IVANOV Aber was soll ich denn jetzt machen? Zerschneiden, zersägen Sie mich. . . Und was ist das für eine widerliche Art, immer dann so aufdringlich zu sein, wenn ich lese, schreibe oder. . .

NINA Ja, sehr. Ihre Mama – macht nichts, vor ihr habe ich keine Angst, aber Trigorin ist bei Ihnen. Vor ihm zu spielen habe ich Angst und schäme ich mich. . . Ein berühmter Schriftsteller. . . Ist er jung?

IVANOV Anjuta, es schadet dir, so am offenen Fenster zu stehen . . . *Ruft.* Onkel, mach das Fenster zu!

Auftritt Onkel Vanja. Er hat nach dem Essen geschlafen und sieht verknittert aus. Setzt sich auf einen Stuhl, rückt seine modische Krawatte zurecht.

ONKEL VANJA Ja. . . Sehr sogar. Seit der Professor mit seiner Gattin hier lebt, ist das Leben aus dem Gleis geraten. . . Ich schlafe zu den unmöglichsten Zeiten, esse zum Frühstück und zu Mittag die verrücktesten Delikatessen, trinke Wein. . . Ungesund ist das alles! Früher gab es keine freie Minute, ich und Sonja haben gearbeitet – alle Achtung, aber jetzt arbeitet nur noch Sonja, und ich schlafe, esse, trinke. . . Das ist nicht gut!

NINA Was für wunderbare Erzählungen er schreibt!

STIMME Achtung, Achtung! Zeit für den Schrei in die inneren Organe der Anton Čechovs.

ONKEL VANJA *geht an den Tisch, nimmt eine Lunge, kniet nieder und schreit in die Lunge* Furirono! Furirono! Furirono! Furirono!

NINA *geht an den Tisch, nimmt die Niere, kniet nieder, schreit in die Niere* Uparatia! Uparatia! Uparatia! Uparatia! Uparatia!

IVANOV *nimmt den Magen vom Tisch, kniet nieder, schreit in den Magen* Kuropo! Kuropo! Kuropo! Kuropo! Kuropo! Kuropo!

Nach dem Schrei legen sie die Organe auf den Tisch.

IVANOV Ich weiß. Ich werde heute bei Lebedev sein und ihn bitten, noch etwas zu warten. *Schaut auf die Uhr.*

ONKEL VANJA *pfeift* Hundert Jahre. Der Professor hat beschlossen, sich hier niederzulassen.

NINA Ihr Stück ist schwer zu spielen. Es hat keine lebendigen Personen.

IVANOV Gleich.

ONKEL VANJA Sie kommen, sie kommen. . . Reg dich nicht auf.

Auftritt Irina und Astrov.

IRINA Wozu die Erinnerungen!

ASTROV *nimmt lustlos das Glas entgegen* Ich mag eigentlich nicht.

IRINA Nach Moskau zurück. Das Haus verkaufen, mit allem hier Schluß machen und – nach Moskau. . .

ASTROV Nein. Ich trinke nicht jeden Tag Vodka. Außerdem ist es so schwül. Njanka, wie lange ist es her, daß wir uns kennen?

IVANOV Hören Sie auf, Unsinn zu reden. . .

ONKEL VANJA Herrschaften, bitte zum Tee!

IRINA Unser Bruder wird wahrscheinlich Professor, er wird sowieso nicht hier wohnen bleiben. Ein Problem ist nur die arme Maša.

NINA Ihr Stück hat so wenig Handlung, alles nur Deklamation. Und in einem Theaterstück, finde ich, muß unbedingt Liebe vorkommen.

ASTROV Habe ich mich seitdem sehr verändert?

STIMME Achtung, Achtung! Zeit für den Schrei in die inneren Organe der Anton Čechovs.

IRINA *geht an den Tisch, nimmt die Niere, kniet nieder, schreit in die Niere* Noroba! Noroba! Noroba! Noroba! Noroba!

ASTROV *geht an den Tisch, nimmt die Milz, kniet nieder, schreit in die Milz* Baro! Baro! Baro! Baro! Baro!

ONKEL VANJA *schreit, kniend, in die Leber* Ahnlick! Ahnlick!

NINA *schreit in die Niere* Tschiribo! Tschiribo! Tschiribo!

IVANOV *in die Gallenblase* Serepo! Serepo! Serepo! Serepo!

Sie legen die inneren Organe auf den Tisch zurück.

IRINA Gebe Gott, daß alles so kommt. *Schaut durchs Fenster.* Schön ist das Wetter heute. Ich weiß nicht, wieso mir heute so leicht ums Herz ist! Heute morgen fiel mir ein, daß ich Namenstag habe, und plötzlich verspürte ich Freude, und erinnerte mich an unsere Kindheit, als Mama noch lebte. Und was für wunderbare Gedanken mir da kamen, was für Gedanken!

ONKEL VANJA Heiß ist es, schwül, aber unser großer Gelehrter geht im Mantel, in Galoschen, mit Schirm und Handschuhen.

IVANOV Miša, das ist alles Hokuspokus. Wenn Sie keinen Streit mit mir wollen, dann behalten Sie das für sich.

NINA Menschen, Löwen, Adler und Rebhühner, gehörnte Hirsche, Gänse, Spinnen, schweigsame Fische, die im Wasser hausen, Seesterne und jene, die mit Augen nicht zu sehen waren, – mit einem Wort, alles Leben, alles Leben, alles Leben, vollendet hat es seinen kummervollen Kreis, es ist erloschen. . . Jahrtausende bereits, seit diese Erde kein einziges Lebewesen mehr trägt, und dieser arme Mond entzündet seine Laterne vergebens. Es erwacht nicht mehr der Kranich schreiend auf der Wiese, im Lindenhain kein Maikäfer mehr summt. Kalt ist es, kalt, kalt, kalt. Leer, leer, leer. Schrecklich, schrecklich, schrecklich. *Pause*. Die Leiber aller Lebewesen sind zu Staub zerfallen, die ewige Materie hat sie in Stein verwandelt, Wasser, Wolken, und ihrer aller Seelen sind verschmolzen zu der einen einzigen. Die allgemeine Weltseele – bin ich. . . ich . . . In mir ist die Seele Alexanders des Großen und

Caesars, und Shakespeares, und Napoleons, und des letzten Blutegels. In mir ist das Bewußtsein aller Menschen verschmolzen mit den Instinkten der Tiere, ich erinnere mich an alles, an alles, an alles, und jedes Leben erlebe neu ich in mir.

IRINA Ist er alt?

ASTROV Ja. . . in den zehn Jahren bin ich ein anderer Mensch geworden. Und der Grund? Überarbeitet habe ich mich, Njanka. Von früh bis spät auf den Beinen, Ruhe kenne ich keine, und nachts liegst du unter der Decke und hast Angst, daß sie dich zu einem Kranken holen. Seit wir uns kennen, die ganze Zeit, hatte ich keinen einzigen Tag frei. Wie soll man da nicht alt werden? Ja, und auch das Leben an sich ist langweilig, dumm, dreckig. . . Es schleppt sich so dahin, dieses Leben. Nur Käuze um dich herum, immer dieselben Käuze; und wenn du zweidrei Jahre mit ihnen gelebt hast, wirst du allmählich, ohne es zu merken, selber ein komischer Kauz. Ein unvermeidliches Geschick. *Zwirbelt seinen langen Schnurrbart.* Ein Riesenschnurrbart ist mir da gewachsen. . . Ein blöder Schnurrbart. Ich bin ein komischer Kauz geworden, Njanka. . . Verblödet, verblödet bin ich noch nicht, Gott ist gnädig, mein Gehirn ist noch in Ordnung, aber meine Sinne sind irgendwie abgestumpft. Ich will nichts, ich brauche nichts, ich liebe niemanden. . . Nur dich liebe ich vielleicht noch. *Küßt sie auf den Kopf.* Als Kind hatte ich genauso eine Njanka wie dich.

ONKEL VANJA Wie schön sie ist! In meinem ganzen Leben habe ich keine schönere Frau gesehen.

IRINA Ein interessanter Mann?

IVANOV Laß deine Sticheleien, alte Stechfliege! Um auf die Krim zu fahren, braucht man Mittel. Angenommen, ich triebe welche auf, aber sie weigert sich doch entschieden gegen diese Reise.

NINA Er langweilt sich ohne die Menschen.

IVANOV Überflüssige Menschen, überflüssige Worte, die Notwendigkeit, auf dumme Fragen zu antworten – all das, Doktor, hat mich erschöpft bis zur Krankheit. Ich bin inzwischen so reizbar, aufbrausend, schroff und kleinlich, daß ich mich nicht wiedererkenne. Tagelang habe ich Kopfschmerzen, leide an Schlaflosigkeit, Ohrensausen. . . Ich weiß wirklich nicht mehr ein noch aus. . . Wirklich nicht. . .

Auftritt Firs; in Jackett und weißer Weste.

FIRS *geht besorgt zur Kaffeemaschine* Die gnädige Frau wird ihren Kaffee hier nehmen. . . *Zieht weiße Handschuhe über.* Ist der Kaffee fertig? Du! Und die Sahne?

STIMME Achtung, Achtung! Zeit für den Schrei in die inneren Organe der Anton Čechovs.

FIRS *geht an den Tisch, nimmt die Gallenblase, kniet nieder, schreit in die Gallenblase* Rassopo! Rassopo! Rassopo! Rassopo!

ASTROV *schreit in die Leber* Ujato! Ujato! Ujato! Ujato! Ujato!

IRINA *in die Niere* Omon! Omon! Omon! Omon! Omon!

NINA *Herz* Borjutesch! Borjutesch! Borjutesch!

ONKEL VANJA *Niere* Esaschiso! Esaschiso! Esaschiso!

IVANOV *Magen* Waru! Waru! Waru! Waru!

Sie legen die inneren Organe auf den Tisch zurück.

NINA Oh, das ist mein Traum! *Seufzt.* Aber er wird nie in Erfüllung gehen.

FIRS *hantiert an der Kaffeemaschine* Ach du, taube Nuß. . . *Murmelt vor sich hin.* Aus Paris gekommen! Der gnädige Herr ist früher auch nach Paris gefahren. . . in der Kutsche. . . *Lacht.*

IVANOV Sprechen Sie.

ONKEL VANJA Leider ja.

FIRS Wie belieben? *Freudig.* Meine gnädige Herrin ist wieder da! Ich hab es noch erleben dürfen! Jetzt kann ich in Ruhe sterben. *Weint vor Freude.*

IVANOV All das ist wahr, nur zu wahr. . . Wahrscheinlich trage ich eine furchtbare Schuld, aber meine Gedanken sind ganz durcheinander, meine Seele ist erstarrt in Trägheit, ich habe nicht die Kraft, mich zu verstehen. Ich verstehe weder die anderen noch mich selbst. . . *Blickt zum Fenster.* Man kann uns hören, kommen Sie, gehen wir ein wenig.

Ivanov und Irina stehen auf.

IRINA Sagen sie mir, wieso bin ich heute so glücklich? Mir ist, als säße ich in einem Segelboot, über mir der weite blaue Himmel, und große weiße Vögel ziehen dahin. Woher kommt das?

Sie gehen in den Garten ab.

NINA Aber ich glaube, wer den Genuß des Schaffens erfahren hat, für den existieren alle anderen Genüsse nicht mehr.

ONKEL VANJA Oh, ja! Ich war eine leuchtende Persönlichkeit, die niemanden erleuchtet hat. . .

NINA Und für mich wird es Zeit. Leben Sie wohl.

ASTROV *verärgert* Ergebensten Dank. Na denn, ich muß fahren. *Sucht mit den Augen nach seiner Mütze.* Zu ärgerlich ist das, zum Teufel. . .

NINA Wenn Sie wüßten, wie schwer es mir fällt wegzufahren!

ONKEL VANJA Bei so einem Wetter ist es schön, sich aufzuhängen. . .

NINA *nach kurzem Überlegen, unter Tränen* Es geht nicht!

Nina und Astrov gehen ab.

ONKEL VANJA *ironisch* Ja, sehr!

FIRS In früheren Zeiten, vor vierzig, fünfzig Jahren, hat man die Kirchen gedörrt, eingemacht, mariniert, Varenje daraus gekocht, und manchmal. . .

STIMME Achtung, Achtung! Zeit für den Schrei in die inneren Organe der Anton Čechovs.

ONKEL VANJA *auf Knien, schreit in die Niere* Trobowasch! Trobowasch! Trobowasch! Trobowasch!

FIRS *schreit in den Magen* Jaucha! Jaucha! Jaucha! Jaucha! Jaucha!

ONKEL VANJA Aber wenn ich ihn hasse!

FIRS Und manchmal hat man die gedörrten Kirschen in ganzen Fuhren nach Moskau und nach Charkov gebracht. Das brachte Geld! Auch gedörrte Kirschen waren damals weich, saftig, süß und hatten einen Duft. . . Damals kannte man das Rezept.

ONKEL VANJA Kann ich Sie anders anschauen, wenn ich Sie liebe? Sie sind mein Glück, mein Leben, meine Jugend! Ich weiß, meine Chancen auf Gegenliebe sind mehr als gering, gleich Null, aber ich brauche ja nichts, erlauben Sie mir nur, Sie anzuschauen, Ihre Stimme zu hören. . .

FIRS Vergessen. Niemand kennt es mehr.

ONKEL VANJA *geht ihm nach* Erlauben Sie mir, von meiner Liebe zu sprechen, jagen Sie mich nicht fort, schon das wird das größte Glück für mich sein.

FIRS Zu Ostern war der Herr bei uns und hat einen halben Eimer Gurken gegessen. . . *Murmelt vor sich hin.*

ONKEL VANJA Ich habe dir nichts weggenommen.

FIRS *bürstet Onkel Vanja ab, in belehrendem Ton* Wieder haben Sie die falschen Hosen angezogen. Was soll ich nur mit Ihnen machen!

Auftritt Maša.

MAŠA Da sitzt er nun und sitzt . . .

ONKEL VANJA *zuckt die Achseln* Merkwürdig. Ich habe einen Mordanschlag verübt, aber ich werde weder verhaftet noch einem Gericht vorgeführt. Man hält mich also für verrückt. *Böses Lachen.* Ich bin verrückt, aber nicht verrückt ist, wer hinter der Maske eines Professors, eines gelehrten Magiers, seine Talentlosigkeit verbirgt, seinen Stumpfsinn, seine himmelschreiende Herzlosigkeit. Nicht verrückt ist, wer einen Greis heiratet und ihn dann vor aller Augen betrügt. Ich habe gesehen, habe gesehen, wie du sie umarmt hast!

FIRS Haben Sie gar keine Gottesfurcht! Wann gehen Sie endlich schlafen?

MAŠA *setzt sich* Macht nichts . . .

STIMME Achtung, Achtung! Zeit für den Schrei in die inneren Organe der Anton Čechovs.

MAŠA *in die Leber* Borschoje! Borschoje! Borschoje!

ONKEL VANJA *in die Lunge* Stelmako! Stelmako! Stelmako!

FIRS *in die Milz* Obrotak! Obrotak! Obrotak!

ONKEL VANJA *schaut zur Tür* Nein, verrückt ist die Erde, die euch noch trägt.

MAŠA Und Sie sie?

ONKEL VANJA Ja nun, ich bin verrückt, unzurechnungsfähig, ich habe das Recht, dummes Zeug zu reden.

MAŠA Ist der Meinige hier? So hat früher immer unsere Köchin ihren Schutzmann genannt: der Meinige. Ist der Meinige hier?

ONKEL VANJA Ich schäme mich so! Wenn du wüßtest, wie ich mich schäme! Dieses stechende Gefühl der Scham ist mit keinem Schmerz zu vergleichen. *Mit Trauer*. Es ist unerträglich! *Beugt sich über den Tisch*. Was soll ich tun? Was soll ich tun!

MAŠA Wenn man das Glück immer nur in Unterbrechungen, stückchenweise zu fassen kriegt und es dann verliert, wird man langsam aber sicher grob und bösartig. . . *Zeigt sich auf die Brust*. Hier in mir kocht es. . . Da, Andrej, unser lieber Bruder. . . Alle Hoffnungen dahin. Tausende von Leuten haben eine Glocke hochgezogen, viel Mühe und Geld darauf verwendet, und sie ist plötzlich heruntergefallen und zerschellt. Plötzlich, aus heiterem Himmel. Wie Andrej. . .

ONKEL VANJA Gib mir etwas! Oh, mein Gott. . . Ich bin siebenundvierzig Jahre alt; angenommen, ich werde sechzig, so bleiben mir noch 13 Jahre. Das ist lang! Wie soll ich diese dreizehn Jahre durchstehen? Was werde ich tun, womit sie ausfüllen? Oh, verstehst du, verstehst du, wenn man den Rest des Lebens irgendwie auf neue Art leben könnte. An einem klaren stillen Morgen aufwachen und spüren, daß man ein neues Leben angefangen hat, alles Vergangene vergessen ist, verflogen wie Rauch... *Weint.* Ein neues Leben anfangen... Sag mir wie... wo ich anfangen soll...

MAŠA Bei wem?

Auftritt Olga, Astrov und Irina.

OLGA Unser Garten ist das reinste Durchgangslager, alle fahren und gehen hindurch.

ASTROV Ich sage es im Ernst – halt mich nicht auf. Ich hätte längst fahren müssen.

IRINA Auf Wiedersehen!

STIMME Achtung, Achtung! Zeit für den Schrei in die inneren Organe der Anton Čechovs.

OLGA *in die Gallenblase* Hajaku! Hajaku! Hajaku!

ASTROV *in die Leber* Sob! Sob! Sob! Sob! Sob! Sob!

IRINA *Milz* Robodeloje! Robodeloje! Robodeloje!

FIRS *Niere* Kuoto! Kuoto! Kuoto! Kuoto!

ONKEL VANJA *Niere* Harbitanija! Harbitanija! Harbitanija!

MAŠA *Lunge* Optrisa! Optrisa! Optrisa!

ASTROV Also? Na gut, ich warte noch ein Weilchen, aber dann, entschuldige, muß ich Gewalt anwenden. Ich werde dich fesseln und durchsuchen. Ich sage das in vollem Ernst.

MAŠA Und für den Baron?

OLGA Werden wir uns jemals wiedersehen?

ONKEL VANJA Gib mir etwas... *Zeigt auf sein Herz.* Es brennt hier.

ASTROV *schreit zornig* Hör auf! *Weicher.* Die, die einhundert, zweihundert Jahre nach uns leben werden und die uns dafür verachten werden, daß wir unser Leben so dumm und so geschmacklos zugebracht haben, – sie werden vielleicht das Mittel finden, wie man glücklich wird, aber wir. . . Du und ich, wir haben nur eine einzige Hoffnung. Die Hoffnung, daß wir, wenn wir in unseren Gräbern liegen, Visionen haben, vielleicht sogar angenehme. *Seufzt.* Ja, Bruder. Im ganzen Landkreis hat es nur zwei anständige, intelligente Menschen gegeben: mich und dich. Aber noch nicht einmal zehn Jahre, und das spießige Leben, das verächtliche Leben hat uns verschlungen; es hat uns mit seinen fauligen Ausdünstungen das Blut vergiftet, und wir sind so banal geworden wie alle. *Lebhaft.* Aber rede hier nicht lange herum. Gib zurück, was du mir weggenommen hast.

IRINA Sie sollten Ihr Leben ändern, mein Freund. Sie sollten es irgendwie.

STIMME Achtung, Achtung! Zeit für den Schrei in die inneren Organe der Anton Čechovs.

OLGA *schreit in die Leber* Borotak! Borotak! Borotak!

ASTROV *in die Lunge* Sarbè! Sarbè! Sarbè!

IRINA *in die Gallenblase* Nboro! Nboro! Nboro!

ONKEL VANJA *in die Leber* Arapaku! Arapaku! Arapaku!

MAŠA *ins Herz* Ichduty! Ichduty! Ichduty!

ASTROV Du hast aus meiner Reiseapotheke das Fläschchen mit dem Morphium genommen.

Pause.

Hör zu, wenn du um jeden Preis mit dir Schluß machen willst, dann geh in den Wald und erschieß dich dort. Aber gib mir das Morphium zurück, sonst kommt es noch zu Redereien und Gerüchten, und die Leute denken, ich hätte es dir gegeben. . . Mir reicht schon, daß ich dich danach obduzieren muß. . . Glaubst du, das wäre interessant?

MAŠA Ich bin ganz durcheinander. . . Trotzdem, ich sage, man darf es nicht zulassen. Er kann den Baron verwunden oder sogar töten.

ONKEL VANJA Laß mich in Ruhe.

OLGA Ja, ja, natürlich. Seien Sie ganz beruhigt.

Pause.

Morgen schon wird in der Stadt kein einziger Soldat mehr sein, alles wird zur Erinnerung, und natürlich wird für uns ein neues Leben beginnen. . .

Pause.

Alles kommt anders, als man denkt. Ich habe nicht Direktorin werden wollen und bin es doch geworden. Nach Moskau werden wir also auch nicht ziehen.

IRINA Fedor hat sich den Schnurrbart abrasiert. Ich kann es nicht mitansehen!

ASTROV Er hat es genommen. Ich bin ganz sicher.

Auftritt Nina Zarečnaja.

NINA Hier ist jemand.

ONKEL VANJA Du wirst akkurat das geschickt bekommen, was du bisher geschickt bekommen hast. Alles wird sein wie früher.

NINA *schaut ihm eindringlich ins Gesicht* Lassen Sie sich anschauen. *Schaut sich um.* Warm ist es hier, schön. . . Hier war früher der Salon. Habe ich mich sehr verändert?

STIMME Achtung, Achtung! Zeit für den Schrei in die inneren Organe der Anton Čechovs.

NINA *schreit in die Leber* Scharom! Scharom! Scharom!

OLGA *Lunge* Biramatria! Biramatria! Biramatria!

ASTROV *Niere* Orolama! Orolama! Orolama!

IRINA *Gallenblase* Uchatschask! Uchatschask! Uchatschask!

FIRS *Milz* Mairjasche! Mairjasche! Mairjasche!

ONKEL VANJA *Niere* Bochwa! Bochwa! Bochwa!

MAŠA *Herz* Faptako! Faptako! Faptako!

ONKEL VANJA Sollen sie doch fahren, ich. . . ich kann nicht. Mir ist es so schwer ums Herz. Ich muß so schnell wie möglich mich mit irgendetwas beschäftigen. . . Arbeiten, arbeiten! *Wühlt in den Papieren.*

NINA Ich hatte Angst, Sie könnten mich hassen. . . Ich träume jede Nacht, daß Sie mich anschauen und nicht wiedererkennen. Wenn Sie wüßten! Seit meiner Ankunft gehe ich hier umher. . . am See. Ich war viele Male auch in der Nähe Ihres Hauses, und ich habe nicht gewagt einzutreten. Setzen wir uns. *Sie setzt sich.*
Wir wollen uns setzen und reden, reden. Es ist schön hier, warm gemütlich. . . Hören Sie – den Wind? Bei Turgenev heißt es an einer Stelle: »Wohl dem, der in solchen Nächten ein Dach über dem Kopf hat, der einen warmen Winkel hat.« Ich bin die Möwe. . . Nein, nicht. *Reibt sich die Stirn.* Wo war ich stehengeblieben? Ja. . . Turgenev. . . »Gott helfe allen obdachlosen Wanderern. . .« Ach, nichts. *Sie schluchzt.*

ASTROV Fahren Sie so schnell wie möglich. Wenn angespannt ist, dann fahren Sie auch.

NINA *verloren* Warum redet er so, warum redet er so?

ASTROV Finita.

OLGA Genug, genug. . .

Maša schluchzt laut.

OLGA Genug, Maša! Hör auf, Liebste. . .

ONKEL VANJA Arbeiten, arbeiten. . .

ASTROV Waffelgesicht, sagen Sie denen draußen, daß sie bei der Gelegenheit auch gleich für mich anspannen.

NINA Mein Wagen steht am Gartentor. Begleiten Sie mich nicht, ich komme schon allein hin. . . *Unter Tränen.* Geben Sie mir Wasser. . .

MAŠA *schluchzt verhalten* Ein grüner Eichbaum steht am Meer, von Gold dran eine Kette blinkt. . . von Gold dran eine Kette blinkt. . . Ich werde verrückt . . . Ein grüner Eichbaum. . . steht am Meer. . .

OLGA Beruhige dich, Maša. . .Beruhige dich. . . Gib ihr Wasser.

MAŠA Ich weine nicht mehr. . .

ONKEL VANJA *schreibt* »Rechnung. . . an Herrn. . .«

MAŠA Ein grüner Eichbaum steht am Meer, von Gold dran eine Kette blinkt. . . Ein grüner Kater. . . Ein grüner Eichbaum. . . Ich bringe alles durcheinander. . . *Trinkt Wasser.* Ein verpfuschtes Leben. . . jetzt brauche ich nichts mehr. . . Ich bin gleich ruhig. . . Ist doch alles egal. . . Was bedeutet dieser grüne Eichbaum? Warum geht mir dauernd dieses Wort durch den Kopf? Ich bin ganz durcheinander.

IRINA Kommt, setzen wir uns noch ein Weilchen, wenn wir auch nur schweigen. Ich fahre doch morgen fort. . .

NINA Warum sagen Sie, Sie hätten die Erde geküßt, über die ich gegangen bin? Totschlagen sollte man mich. *Lehnt sich an den Tisch.* Ich bin so müde! Ausruhen möchte ich. . . ausruhen! *Hebt den Kopf.* Ich – bin die Möwe. . . Nein, nicht.

STIMME Achtung, Achtung! Zeit für den Schrei in die inneren Organe der Anton Čechovs.

NINA *schreit in die Lunge* Torobo! Torobo! Torobo!

OLGA *Leber* Stur! Stur! Stur!

ASTROV *Niere* Süukaje! Süukaje! Süukaje!

IRINA *Milz* Mitschlag! Mitschlag! Mitschlag!

FIRS *Gallenblase* Farigo! Farigo! Farigo!

ONKEL VANJA *Niere* Obotimake! Obotimake! Obotimake!

MAŠA *Magen* Huhaheho! Huhaheho! Huhaheho!

ASTROV Nein, es geht auch so. . . Also dann, alles Gute! Begleite mich nicht hinaus, Njanka. Nicht nötig.

Er geht ab.

ONKEL VANJA *schreibt* »Am zweiten Februar 20 Pfund Öl. . . Am sechzehnten Februar nochmals 20 Pfund Öl. . . Buchweizengrütze. . .«

NINA *horcht* Pssst. . . Ich gehe. . . Leben Sie wohl. Wenn ich eine große Schauspielerin geworden bin, dann kommen Sie mich anschauen. Versprechen Sie mir das? Aber jetzt. . . *Drückt ihm die Hand.* Es ist schon spät. Ich kann mich kaum noch auf den Beinen halten. . . ich bin ganz erschöpft.

Sie geht ab.

MAŠA Oh, wie die Musik spielt! Alle gehen von uns fort, einer ist ganz von uns gegangen, ganz, für immer, wir bleiben allein, um unser Leben von vorn anzufangen. Wir müssen leben. . . Wir müssen leben. . .

IRINA *lehnt den Kopf an Olgas Brust* Die Zeit wird kommen, da werden es alle erfahren, warum das alles, wozu all diese Leiden, es wird keine Geheimnisse mehr geben, und bis dahin müssen wir leben. . . müssen arbeiten, nur arbeiten! Morgen werde ich allein fahren, ich werde in der Schule unterrichten und mein ganzes Leben denen widmen, die es vielleicht brauchen. Jetzt ist Herbst, bald kommt der Winter, der alles mit Schnee bedeckt, und ich werde arbeiten, arbeiten. . .

OLGA *umarmt die beiden Schwestern* Die Musik spielt so fröhlich, so munter, man möchte leben! Oh, mein Gott! Die Zeit vergeht, und wir werden auf ewig dahingehen, man wird uns vergessen, unsere Gesichter, Stimmen, man wird vergessen, wieviele wir waren, aber unsere Leiden werden eingehen in die Freude derer, die nach uns leben werden, Glück und Friede wird auf Erden einkehren, und man wird mit einem guten Wort derer gedenken, die jetzt leben, und sie segnen. Oh, liebe Schwestern, unser Leben ist noch nicht zu Ende. Wir werden leben! Die Musik spielt so fröhlich, so freudig, und mir scheint, noch ein wenig, und wir werden erfahren, warum wir leben, warum wir leiden. . . Wenn man es nur wüßte, wenn man es nur wüßte!

Ivanov kommt schnell herein, einen Revolver in der Hand.

IVANOV Lange genug bin ich die schiefe Ebene abwärtsgeglitten, jetzt: halt! Man muß wissen, wann man zu gehen hat! Aus dem Weg! Danke, Saša! Lassen Sie mich!

Er erschießt sich.

ONKEL VANJA Mein Kind, wie schwer mir ist! Oh, wenn du wüßtest, wie schwer mir ist!

FIRS Ach du. . . taube Nuß!

Zu hören ist ein entfernter Ton, wie vom Himmel, der Ton einer gesprungenen Saite, ersterbend, traurig, der in ein weiches, monotones Summen übergeht. Nach 69 Sekunden bricht das Summen ab.

Vorhang

Vladimir Georgievič Sorokin, geboren 1955 in Moskau. Schriftsteller, Romancier, Erzähler, Dramatiker. Nach Abschluß eines Ingenieurstudiums 1977 Arbeit als Buchillustrator, erste literarische Arbeiten 1979.

Romane und Erzählungen:
Norma. Roman 1979/1980; *Verschiedene Erzählungen* 1980/1983, davon erste Publikation in der Zeitschrift Rodnik, Riga, Nr. 11/1989 (*Der Obelisk.* Erzählungen, Zürich 1982); *Ocered'.* Roman, Moskau 1983 (*Die Schlange,* Zürich 1990); *Tridcataja ljubov' Mariny.* Roman, Moskau 1984 (*Marinas dreißigste Liebe,* Zürich 1991); *Roman.* Roman, 1985/1989; *Normale Briefe* in der Zeitschrift Schreibheft Nr. 29/1987; *Ein Monat in Dachau.* Erzählung, Zürich 1992.

Theaterstücke:
Russkaja babuška (*Die russische Großmutter*), München 1988; *Doverie 1989* (Das Vertrauen); *Izba* (Der Unterstand); *Pelmeni,* 1990 (*Pelmeni.* Das erste Bild eines dreiaktigen Stückes gleichen Titels aus den Jahren 1983/1984, erschienen im Verlag der Autoren, Frankfurt 1990 in der Stücke-Anthologie *Fehler des Todes. Russische Absurde aus zwei Jahrhunderten,* hg. v. Peter Urban); *Dismorphomanija,* Moskau 1990 (*Dysmorphomanie,* Frankfurt 1993); *Jubilej* (*Das Jubiläum,* Frankfurt 1993).

Bernard-Marie Koltès im Verlag der Autoren

»Er war ein Komet, der ungestüm durch unseren Himmel fegte. Er ertrug es nicht, daß man seine Stücke als düster oder verzweifelt oder als Stücke über Ausgestoßene bezeichnete. Er haßte die, die so dachten. Er war ein fröhlicher Desperato.« *Patrice Chèreau*

Kampf des Negers und der Hunde
Die Nacht kurz vor den Wäldern
Zwei Stücke. Deutsch von Simon Werle und Hans-Joachim Ruckhäberle
152 Seiten. Engl. Broschur

Roberto Zucco / Tabataba
Zwei Stücke. Deutsch von Simon Werle
92 Seiten. Engl. Broschur

Rückkehr in die Wüste
Deutsch von Simon Werle
168 Seiten. Engl. Broschur

Prolog und andere Texte
Deutsch von Simon Werle
»*Prolog* ist ein Schlußpunkt, letztes Zeugnis eines Poeten, der uns einen idealen Roman hinterläßt, einen Roman, der sich niemals vollendet.« *Midi Libre*

Theaterbibliothek **Verlag der Autoren**

Rainer Werner Fassbinder im Verlag der Autoren

»Fassbinder war ein Darsteller, Beschreiber, ein Maler von Menschen, von Charakteren; die Palette seiner Menschendarstellungskunst umfaßte alle Farbe, sein Interesse richtete sich auf alle Formen von menschlicher Existenz.« *Wolfram Schütte*

Sämtliche Stücke
736 Seiten. Engl. Broschur
Die einbändige Sonderausgabe *Sämtliche Stücke* mit insgesamt sechzehn Dramen und zwei Hörstücken zeigt den Dramatiker Rainer Werner Fassbinder als einen neuen Klassiker der Moderne, – so ungestüm, respektlos und irritierend er sich auch in seinen Stücken und in seinem kurzen Leben gegeben haben mag: »Es waren die Köpfe, in die er ein Loch hineinschlug, um ein Verhältnis zu haben mit einem anderen Menschen.«

Außerdem lieferbar:
Die Theaterstücke in Einzelausgaben
Fassbinders Filme. Drehbuchedition

Theaterbibliothek **Verlag der Autoren**